양경 新무협 판타지 소설
FANTASTIC ORIENTAL HEROES
樂工武林
악공무림

악공무림 3

양경 新무협 판타지 소설

초판 1쇄 찍은 날 § 2014년 4월 11일
초판 1쇄 펴낸 날 § 2014년 4월 16일

지은이 § 양경
펴낸이 § 서경석

편집부장 § 권태완
편집책임 § 박은정
디자인 § 이거일

펴낸곳 § 도서출판 청어람
등록번호 § 제387-1999-000006호
등록일자 § 1999. 5. 31
어람번호 § 제2-2482호

주소 § 경기도 부천시 원미구 부일로 483번길 40 서경B/D 3F (우) 420-822
전화 § 032-656-4452 팩스 § 032-656-4453
http://www.chungeoram.com
E-mail § chungeorambook@daum.net

ISBN 979-11-5681-972-1 04810
ISBN 978-89-251-3723-0 (세트)

ANTASTIC ORIENTAL HEROES

악공무림

樂工武林

3

양경 新무협 판타지 소설

도서출판 청어람

目次

제1장
업화(業火)

樂
武林

"음. 음음. 음—!"

곳노래를 흘린다.

무표정한 얼굴 위로 타오르는 푸른 두 개의 귀화는 더욱 섬뜩하게 다가왔다.

강물은 이미 누선을 중심으로 얼어붙어 버린 지도 오래다. 고약한 것이, 차라리 그 한기가 뭍까지 미쳐 얼음길이라도 만들어 주었으면 좋았을 텐데, 누선을 중심으로 얼어붙은 강물은 그저 누선의 움직임만 제약할 뿐이었다.

얼음에 갇힌 누선은 그저 강물을 따라 흘러가고 있었다.

"음. 음음음 음!"

곳노래는 계속된다.

"씨발! 가까이 오지 마! 가까이 오면 다 죽여 버린다!"

무사 하나가 거도를 빼어 들고 발작하듯 소리쳤다. 당장에 주위에 무엇이든 베어버릴 기세다.

저벅. 저벅.

그리고 그것이 관심을 끌어버렸다.

송현이 무사를 향해 걸어간다.

불길에 휩싸인 송현이니만큼, 송현의 걸음이 옮겨질 때마다 갑판엔 작은 그을음이 남아 그 족적을 선명히 남기고 있었다.

빠르지 않은 걸음.

오히려, 느리기까지 한 걸음으로 무사에게 다가가는 송현의 손끝에는 검이 들려 있었다.

유서린의 검이다.

평소 시린 예기를 뽐내던 유서린의 검은 이제는 어느새 뜨거운 화기를 품은 채 붉게 달아올라 있었다.

치익!

검이 열기를 버티지 못한 채 쇳물이 되어 갑판 위로 떨어졌다.

매캐한 연기가 피어올랐지만, 지금 누구도 그것을 신경 쓰는 이는 없었다.

"어억! 사, 살려주시오!"

"가, 가까이 오면 이놈 목숨은!"

송현의 관심을 끌었던 무사가 근처의 상인 하나를 붙잡았다. 상인의 목에 거도를 가져다 붙이는 무사의 모습에선 오히려 공포만이 가득 담겨 있었다.

저벅.

송현이 다시 걷기 시작했다.

"제, 제기랄!"

무사의 입에서는 반사적으로 욕설이 튀어나온다.

무사의 눈빛이 격하게 떨리고 있었다.

마음 같아서는 당장 도망치고 싶었다. 비천마경이고 무엇이고 간에 이제는 다 소용없는 일이었다.

그러나.

'도, 도망치면? 그때는?'

배는 강 중심에 떠 있다. 주위에 얼음이 뒤덮었다고 한들, 그것이 뭍에까지 닿은 것은 아니다.

도망치려면 이 넓은 강을 헤엄쳐서 건너야 한다.

그건 불가능하다. 제아무리 무공을 익힌 무림인이라 한들, 그 또한 피륙으로 이루어진 사람이다. 강을 다 건너기도 전에 내력은 바닥을 드러낼 테고, 체력 또한 고갈될 것이다.

남는 건 물귀신이 되어 수장(水葬)되는 것뿐이다.

'제기랄, 수공이라도 익혀둘 것을……!'

수적이 되지 않았던 것이 후회될 정도다.

하지만 이미 일은 벌어졌고 눈앞에 송현은 점점 더 가까이 다가오고 있다.

이제야 와서 익히지 못한 수공을 익힐 수도 없는 노릇이다.

저벅! 저벅! 저벅!

거리가 가까워질수록 송현의 발걸음 소리가 더욱 크게 들려온다.

"음. 음음. 음음음!"

송현이 흥얼거리는 콧노래가 심장을 얼어붙게 한다.

"씨벌!"

이러지도 저러지도 못하는 상황.

행동을 강요당하고 있는 상황에서 무사는 걸쭉한 짧은 욕설을 내뱉었다.

"우어어어엇!"

그리고 있는 힘껏 인질로 잡은 승객을 송현에게 내던졌다.

당황해 양팔을 휘저으며 날아가는 승객의 모습에 찰나의 순간이나마 송현의 눈동자가 승객에게로 향한다.

"죽어! 이 자식아!"

콰륵!

무사는 그 순간을 노렸다.

있는 모든 내력을 쏟아부어 송현을 향해 거도를 휘둘렀다.

그것이 구석으로 몰린 그가 할 수 있는 최선의 발작이었다.

'베었다!'

무사의 얼굴에 화색이 돈다.

공포에 질려 있던 것이 무색할 만큼 무사의 거도는 송현의 몸을 사선으로 크게 갈라놓았다.

순간적으로 붉은 화염이 크게 일어났다. 거도가 베어놓은 공간 사이로 그 너머의 공간이 보인다. 손 안에 전해지는 감각은 분명 피륙으로 이루어진 인간의 육신을 베었을 때 느껴지는 감각과 정확히 일치했다.

"크크크! 그렇지. 아무리 별 해괴한 힘을 쓰는 놈이라 한들, 한낱 악사가……."

"음. 음 음음. 음."

기대치도 않았던 소득에 득의양양한 미소를 지으며 이죽거리던 무사의 말끝이 흐려진다.

송현은 아직도 콧노래를 흥얼거리고 있었다.

스륵. 스륵.

그리고 사선으로 크게 갈라졌던 송현의 몸체는 화염이 꾸물거리며 비워진 자리를 채워놓고 있었다.

상처가 사라졌다.

아니, 애초에 상처조차 존재하지 않았다.

타오르고 있는 불을 향해 칼을 휘두른 것과 같다. 잠시의 간극이 생겼지만, 그뿐이다.

화염은 다시 빈자리를 채운다.

무사에 의해 갈라진 송현의 몸이 그랬다.

"사람 몸뚱어리가 무슨… 끄아아악!"

아연실색해 중얼거리던 무사의 입에서 고통에 찬 비명이 터져 나왔다.

손이 뜨겁다.

손이 불타고 있었다.

송현의 몸을 갈랐던 거도를 타고 불꽃이 기어올랐다. 그것이 손으로 번졌고, 손으로 번진 불길이 이내 전신을 집어삼켰다.

뜨거운 화염에 온몸이 녹아내리는 듯한 고통이 찾아들었다.

불길을 끄기 위해 바닥을 구르고, 고통을 참기 위해 비명을 내지르지만, 탐욕스런 불꽃은 절대 꺼지지 않았다.

한데 이상한 일이다.

무사의 피부는 전혀 불꽃에 상하지 않았다. 불길에 이지러지고, 녹아내려야만 하는 것이 정상이건만, 어떠한 화상의 흔적을 찾아볼 수가 없었다.

대신 불꽃은 다른 것을 태우고 있었다.

검었던 머리가 새하얗게 세어버리고, 그마저도 이내 후두둑 바닥에 떨어졌다. 비명을 내지르며 벌어진 입에서 누런 이가 떨어져 내린다.

불꽃은 생기를 불태우고 있었다.

"……."

그 기괴하고 섬뜩한 모습에 누구도 쉬 입을 열지 못했다.

"음. 음음! 음!"

송현만이 무심한 표정으로 콧노래를 흥얼거릴 뿐이었다.

그런 송현의 뒤로, 무사와 같은 이들이 즐비했다.

누군가는 비명을 내지르고, 또 누군가는 무릎을 꿇은 채 공허하게 허공을 바라본다. 또 누군가는 힘없이 바닥에 축 늘어져 있다.

그들 위로 붉은 불길이 넘실거린다.

하나같이 새하얗게 세어버린 머리칼이 빠지고, 이가 모두 빠져 버린 모습이다.

저벅.

송현이 다시 움직인다.

"우아아악! 저, 저리 가! 이 괴물아! 저리 가!"

송현의 발걸음이 향하는 곳에 닿은 무인이 괴성을 지르며 발작을 일으켰다.

배 위에 도망칠 곳이라고는 없으니 무인은 더욱 악에 받쳐 소리쳤다. 하물며 당장 눈앞에서 그 말도 안 되는 일들을 직접 목격하지 않았던가.

무인의 공포는 이미 극에 달해 있었다.

저벅. 저벅.

송현의 걸음이 무인에게로 향했다.

'제정신이 아니야!'

유서린은 저도 모르게 속으로 중얼거렸다.

눈앞에 펼쳐진 광경은 유서린을 경악하게 하기에 충분했다.

갑자기 보인 송현의 신위.

가장 먼저 당한 것은 쌍소노였다.

두 노파는 이미 온몸에 자글자글한 주름이 진 채로 바닥을 기고 있었다. 입은 옷가지는 불기에 그을린 흔적 하나 없었음에도, 누구도 두 노파의 모습이 정상이라 말할 수 없었다.

생기를 불태우는 불꽃에 새하얗게 세어버린 머리칼이 후두둑 떨어진 지 오래다. 힘겹게 땅을 딛고 선 두 팔과 두 다리는 후들거려 당장에라도 꺾여 버릴 듯하다.

한때는 악명 높은 무림고수였을지 모르나, 이제 쌍소노는 그저 죽을 날을 앞둔 늙은 노파에 불과했다.

불꽃은 쌍소노의 생기와 함께 그녀들의 내공마저도 불태워 버렸다.

그것은 다른 이들도 마찬가지다.

송현의 불꽃에 휩싸인 이들은 모두 생기와 내공을 빼앗긴 채 바닥을 기고 있었다.

불꽃에 타오르는 그들의 모습은 마치 한 편의 지옥도(地獄道)를 보는 것만 같다.

저벅. 저벅.

송현의 걸음걸음이 계속될수록, 지옥도를 향할 또 다른 희생자가 나올 것이다.

'이대로는 안 돼.'

유서린은 마음을 굳게 먹었다.

지금 송현이 보이는 신위가 무공인지, 아니면 사술인지 알지 못한다. 어쩌면 풍류선인이라 불리며 보였던 신위의 일종일지도 모른다.

그러나 그것은 지금 당장 중요한 것이 아니었다.

이 이상의 피해는 더 이상 무의미하다는 점이었다.

스륵.

바닥을 굴러다니는 검을 들었다.

빠르게 몸을 날려 송현의 앞을 가로막았다. 송현의 몸에 검이 닿으면 불꽃이 옮겨붙을 것이다.

하지만 유서린은 망설이지 않았다.

챙!

유서린의 검은 송현의 검을 가로막았다.

치이익!

그저 검을 맞대는 것만으로도 진한 열기가 전해진다. 넘실거리는 불꽃이 마치 독사처럼 꿈틀거리며 검신을 타고 올라왔다.

"그만하세요."

"……."

처음으로 송현의 입에서 흘러나오던 흥얼거림이 멎었다.

푸른 귀화가 타오르는 송현의 두 눈이 유서린의 눈과 마주친다.

유서린은 두 눈에 힘을 주고는 다시 한 번 말했다.

"이만하면 되었어요. 그만하시죠."

"…왜? 왜 그러십니까?"

송현이 어렵게 입을 연다.

그 목소리에 어린 스산한 기운이 고스란히 유서린을 향한다.

'분노?'

유서린은 그 속에서 분노라는 감정을 느꼈다.

낮게 깔린 분노.

크게 소리치지 않고, 격하게 드러내지 않는다고 분노하지 않았다는 것은 아니다.

때론 오히려 무겁게 깔린 분노가 더욱 무서울 때도 있는 법이다.

지금이 그랬다.

하지만 유서린은 그 모습에서 서투름을 느꼈다.

송현의 분노는 묵직하고 무서웠지만, 마치 처음 화를 내는 사람의 분노와 같이 다듬어지지 않고 투박했다.

그래서 그런 것이리라.

서툰 분노이기에 선을 지키지 못하고, 송현 자신마저 망치고 있었다.

"저들을 보세요. 이미 송 악사님께 대항할 능력도 의지도 없는 이들이에요."

유서린은 갑판 난간에 뭉쳐 선 무림인들을 가리켰다.

저마다 무기를 고쳐 잡으며 가득 경계심을 드러내고 있었지만, 그 모습에선 투지를 찾아볼 수 없었다.

오히려 짙은 공포감만이 그들의 감정을 대변하고 있었다.

"이제 마성에서 벗어나세요."

'마성……?'

유서린의 말이 송현의 정신을 일깨웠다.

뜨거운 열기로 가득 찼던 송현의 머릿속에 작은 자리가 생겨났다.

분노 속에 가려져 있던 이성이 되돌아왔다.

'나는 왜?'

스스로 질문했다.

대답은 어렵지 않게 찾을 수 있었다.

아무렇지도 않게 눈앞에서 죽어간 이들의 모습 때문이었다.

처음이었다.

눈앞에서 누군가 죽어가는, 아니, 살해당하는 모습은.

그런 송현의 앞에서 쌍소노는 마치 장난처럼 두 사람의 목숨을 앗아갔다.

무림의 일과는 연관되지 않던 삶을 살아온 송현이었기에, 그래서 분노했고, 화를 토했다.

귓가에 들려오는 광릉산의 곡조가 전해주는 힘에 취해 그 분노를 표출했을 뿐이다.

그런데 유서린은 그런 송현을 마성에 빠졌다고 하고 있다.

왜?

대체 유서린은 송현의 무엇을 보고 그가 마성에 빠졌다고 하는 것일까.

그런 송현의 의문을 느꼈음일까.

"이것이 송 악사가 원하던 것인가요?"

유서린이 다시 송현에게 질문을 던졌다.

"……."

그 조용한 질문이 송현을 망설이게 했다.

주위를 둘러보았다. 공포에 가득한 시선이 송현의 두 눈과 맞닿았다. 구석에 몰린 무림인들은 물론, 송현에 의해 구함을 받은 이들 또한 마찬가지다.

그리고 또 보인다.

송현이 만들어낸 불길에 휩싸여 있는 이들의 처참한 모습.

"…아!"

송현의 입에서 외마디 탄식이 흘러나왔다.

'내가 원한 것이 이것이었나?'

유서린이 송현에게 했던 질문을, 송현이 스스로에게 되던진다.

아니다.

'나는 그저 막고 싶었을 뿐이야.'

송현이 분노한 것은, 그래서 검을 들고 일어선 것은 그 때문이다.

그저 눈앞에 벌어지는 상황을 막고 싶었다.

무고한 피를 흘리지 않게 하고, 덧없이 목숨이 사라져 가는 것을 막기 위해서였다.

그러지 말라고.

그저 그렇게 하고 싶었을 뿐이다.

이처럼 참혹한 지옥도를 만들 생각은 없었다.

'마성에 빠졌었구나.'

힘에 취하고, 분노에 취했다.

그래서 정작 자신이 무엇 때문에 분노했는지를 잊고, 자신이 지켜야 할 선이 무엇인지조차 잊고 있었다.

유서린이 그것을 일깨워준 것이다.

"…무기를 버리고 포박을 받으십시오."

송현이 입을 열었다.

여전히 송현의 목소리는 나지막하게 내리깔리고 있었다.

"하, 하면 살려주는 거요?"

뭉쳐 있는 무인들 중 누군가 물었다.

그 답은 송현이 아닌 유서린의 입에서 나왔다.

"그 죄가 없어지는 건 아니에요. 단지 처벌을 무림맹이 맡을 뿐이에요."

죄가 없어지는 것은 아니다고 했다.

무림맹에서 처벌을 담당한다면, 그 처벌이 마냥 가볍지만은 않을 것이다.

하나 그것만으로도 충분했다.

철커덩.

누군가 자신의 무기를 내려놓았다. 그것을 시작으로 다른 무인들도 앞다투어 자신의 무기를 내던졌다.

어차피 눈앞의 송현 하나를 어찌하지 못하는 형국이다. 도망칠 수도, 상대할 수도 없다면 차라리 이편이 속이 편했다.

적어도 그들은 먼저 송현의 손속에 당한 이들과 같은 끔찍한 결과를 바라지는 않았으니까.

"어, 어서 포박해 주시오."

그러고도 불안했는지 먼저 손을 내밀며 포박해 주길 독촉한다.

유서린이 그 일을 대신해 주었다.

누선에서 쓰이던 굵은 밧줄을 가져다 능숙하게 무림인들을 포박한다. 혈을 짚어 내력의 수발을 제약하는 일도 잊지 않았다.

적지 않은 숫자였지만 그들 모두를 포박하는 데에는 그리 오랜 시간이 걸리지 않았다.

그 모습을 송현은 가만히 바라보았다.

'저들에게 나는 흉신악살과 다를 바 없었구나.'

벌이 사라지는 것이 아님을 알면서도, 선뜻 포박을 선택하는 이들이다.

송현이 지금껏 책에서 보았던 무림인이란, 자존심을 꺾기보단 죽음을 택하는 이들이라 했다.

하지만 저들의 행동은 송현이 지금껏 알고 있던 무림인이란 존재와는 너무나 다른 모습이었다.

물론 책에서 나온 정의 하나로 모든 무림인이 그와 같다 판단할 수는 없다.

그러나 그들이 이처럼 선뜻 자존심을 꺾고 포박을 받기를 선뜻 선택하는 데에는, 송현의 영향이 아주 없지 않음은 확실했다.

괜히 마음이 씁쓸해 헛웃음이 나왔다.

"히이익!"

그런 송현의 모습에 승객 중 하나가 질겁하며 앓는 소리를 터뜨렸다.

송현의 표정이 좋지 못하니 또 다른 일이라도 생길까 두려운 것이리라.

'이제 돌려놓아야지.'

송현은 고개를 절레 저었다.

마음을 가라앉혔다.

분노의 감(感)이 담긴 광릉산의 곡조를 씻어냈다.

송현의 몸을 타고 치솟아 오르던 붉은 불길이 잦아든다. 두 눈 가득 타올랐던 귀화도 사라졌다.

하지만 아직 되돌려야 할 것이 많았다.

송현이 만들어낸 불길에 휩싸인 이들, 그리고 선체를 중심으로 얼어붙어 버린 강물.

송현은 멀뚱히 자신의 손에 들린 유서린의 검을 바라보았다.

'거문고라면 더욱 좋았을 텐데.'

잠시 아쉬움을 담은 감상을 해보았다.

그리고 검을 휘두른다. 송현이 내뿜었던 화기에 녹은 탓인지 검날은 매우 무디어져 있었다. 간신히 검의 형체만을 갖추고 있을 뿐이다.

스윽.

송현은 그것을 허공에 휘둘렀다.

힐끔거리는 시선들이 느껴진다.

그래서 눈을 감았다.

가만히 두 귀에 정신을 집중하고, 분노를 담았던 광릉산의 곡조를 떠올린다. 그리고 그 곡조를 역행한다.

어설픈 검무가 펼쳐졌다.

둔하고 느리다.

마치 처음 검을 잡은 아이가 생각 없이 휘두르는 것처럼 서투르고 무딘 검무였다. 당연한 일이다. 송현은 오늘 처음으로 손 안에 검을 잡아 보았다.

그러나.

검이 허공을 가를 때마다 나오는 소리만큼은 달랐다.

검이 허공을 노니면서 흘러나오는 소리는 이미 하나의 곡조가 되어 있었다.

담담하게 모든 감정을 씻어내는 하나의 곡.

그것이 송현이 원하던 것이었다.

그리고 그 곡조가 또 다른 변화를 만들어내고 있었다.

누선을 둘러쌌던 얼음이 녹아내렸다.

송현이 뿜어낸 화기에 휩싸였던 이들의 몸에서 매섭게 타오르던 불꽃이 사그라져 간다.

새하얗게 세어버린 머리가 빠지고 새로 검은 머리가 자라나기 시작했다.

빠져버린 누런 치아 대신 새하얀 새 이가 돋아났다.

목내이처럼 비쩍 골았던 몸에 살이 오르고, 쭈글쭈글했던 주름이 펴졌다.

그 또한 송현이 원했던 것이다.

그러나 어찌하여 이러한 일이 가능한지는 모른다.

그저 느끼고 깨달았을 뿐이다.

광릉산의 곡조에 분노가 담겼음을 알고, 화염을 내뿜고 강물을 얼어 붙였던 때와 같다.

자신이 행한 일을 되돌리고자 마음먹으니, 무엇을 어떻게 해야 할지 알았다.

그래서 검이 허공을 가르는 소리를 이용하여 이러한 변화를 만들어내었다.

뚝!

송현의 어설픈 검무가 그쳤다.

'이제 되었어.'

송현은 만족했다. 분노에 취해 선을 넘었던 것들을 다시 원래의 자리로 되돌려 놓았다.

그것이면 되었다.

"잘하셨어요."

유서린이 그런 송현의 마음에 힘을 실어준다.

어느덧 송현을 중심으로 흘러나오던 압도적인 존재감도 흐릿하게 사라져 간다.

"으……. 으으……."

그런 송현의 귓가로 옅은 신음이 들려왔다.

쌍소노의 신음이다.

몸은 다시 예전과 같이 정상으로 돌아왔지만, 그 정신만큼은 아직 회복되지 못한 듯했다.

간헐적으로 떨리는 어깨만큼이나 아래로 꺾여 버린 쌍소노의 고개는 그녀들을 더욱 처량하게 만들었다.

"…차라리. 차라리 죽여주시게."

쌍소노는 중얼거렸다.

송현이 내뿜던 위압감이 사라져서인지, 쌍소노의 말소리는 점점 더 늘어가고 있었다.

그리고 이윽고 송현을 향해 소리쳤다.

"이, 이잇! 이게 대체 무슨 짓이냐! 차라리 시원하게 죽이거라!"

"악독한 놈 같으니! 어찌 인간의 거죽을 쓰고 그딴 요사스런 사술로 나를 이리 구차하게 만드는 것이야!"

어느 순간부터 쌍소노는 실성한 사람처럼 독기에 차서 악다구니를 써댔다.

이후로도 송현에게 온갖 입에 담을 수 없는 저주를 퍼부었다.

아니, 어쩌면 당연한 일이다.

송현이 되돌려 놓은 것은 쌍소노의 몸뿐이다.

신(身)은 돌려놓되, 기(氣)는 돌려놓지 않았다.

처음부터 송현이 원했던 것은 무인들로 인해 생명이 가벼이 사그라지는 것을 막는 것이었다.

그러니 쌍소노의 내력을 되돌릴 이유 따위는 없었다.

아니다. 처음부터 송현은 기를 되돌리는 방법 따윈 알지 못했다는 것이 맞을 것이다.

우뚝!

등 뒤로 들려오는 쌍소노의 악다구니에 송현의 발걸음이 멈쳤다.

한결 누그러졌던 표정도 다시 차갑게 굳어버렸다.

몸을 돌렸다.

저벅, 저벅, 저벅.

느릿한 걸음으로 쌍소노에게 다가갔다.

송현의 목소리가 차갑게 내깔렸다.

*　　　*　　　*

강물이 얼어붙고, 사람의 몸에 불길이 치솟았다.

극음(極陰)과 극양(極陽)의 무공을 대성한다 한들 이 같은 신위를 보일 수 있을까 감히 상상이 가지 않는 일이다.

아니, 극음과 극양의 무공을 동시에 대성한다는 것조차 말이 되지 않는 일이다. 극음에 양이 섞이면 그것은 더 이상 극음이라 할 수 없었고, 극양에 음이 섞이면 더 이상 극양이라 할 수 없음이었다.

무엇보다 인간의 육신으로 극음과 극양의 기운을 한 몸에 담는 것 자체가 불가능한 일이었다.

그날의 일은, 배 위에 인질로 잡혀 있던 이들의 입을 통하여 중원 전역으로 번져갔다.

마치 들불이 옮겨붙듯 무섭게 번져갔다.

그날의 생존자이자, 목격자 중 하나인 장시오도 소문을 퍼뜨리는 사람 중 하나였다.

보부상으로 중원 이곳저곳을 떠도는 장시오니만큼, 그로부터 옮겨지는 그날의 이야기들은 누구보다도 빠르게 전해졌다.

"그래서……. 미안하오. 내 술이나 좀 한잔하겠소."

장시오는 잠시 말을 멈추고 술잔을 비웠다.

벌써 며칠이 지난 이야기다. 그러나 그날의 일들을 떠올릴 때면 좀처럼 마음이 진정되지가 않았다.

잠시 술 한 잔 취기에 빌어 마음을 진정시키고, 크게 흡(吸)하는 숨으로 떨림을 감추었다.

"거 이야기하는 도중 그리 끊으면 어찌한단 말이오? 그래서? 그는 무어라 말했소? 쌍소노가 그리 악다구니를 썼으면 제법 큰 말싸움이 되었을 텐데?"

잠시 마음을 가다듬는 장시오를 기다리다 못한 이들 중 하나가 앞장서 다음 이야기를 재촉한다.

주점에는 그와 같이 장시오의 이야기를 듣기 위해 모여든 이들로 가득 차 있었다.

그들도 장시오을 재촉하는 사내와 같은 마음인지 모두 마른 침을 삼키며 고개를 끄덕이고 있었다.

자고로 세상에서 가장 재미있는 구경이 싸움 구경과 불구경이라 하지 않았던가.

하물며 안전한 강 건너편에서 보는 불구경이야말로 진미라 할 수 있었다.

다음 이야기가 궁금해지는 만큼 장시오을 재촉하는 방법 또한 갖가지였다.

"거, 부랄 달고 태어났으면서 어찌 그리 담이 작으시오. 사람 죽은 거야 안타까운 일이지만, 그것도 겨우 둘뿐이지 않았소. 하물며 이야기를 들어보니 이미 그가 모든 상황을 정리한 마당인데 간 떨린 것은 무엇이오!"

은근히 마음을 다스리지 못하는 장시오의 자존심을 긁어댄다.

"그게 아니오!"

장시오는 고개를 저었다.

한숨과 함께 그날의 기억이 더욱더 선명하게 떠올랐다.

죽은 상인은 장시오와 장난스럽게 이야기를 나누던 상인이었다. 강을 얼어붙게 하고, 스스로 몸에 불꽃을 피워낸 이는 얼마 전까지만 해도 순한 얼굴로 아름다운 곡조를 피워내던 사내였다.

직접 대화까지 나누었고, 비연악사 송현에 비견하기까지 했다.

그런데 모든 것이 바뀌었다.

이야기를 나누던 상인의 목은 떨어져 바닥을 구르고, 순한 얼굴의 악사는 강물을 얼어붙게 하고, 스스로 몸에 불꽃을 피워 올렸다.

당시 그의 몸에서 흘러나왔던 그 무서운 기운은 살인을 밥먹듯 한다는 무림인들조차 공포에 떨게 할 만큼 위압적이었다.

하물며 그저 평범한 보부상에 불과한 장시오가 느꼈을 충격과 공포는 감히 짐작하기도 어려운 일이었다.

"좋소. 내 계속 이야기하겠소."

장시오는 힘겹게 고개를 끄덕였다.

떨어지지 않는 입을 열어 잠시 멈추었던 이야기를 계속한다.

'이번 상행만 끝나면 나도 이제 쉬어야겠어.'

그러면서도 속으로는 지금껏 계속해 온 보부상이란 직업을 그만둘 마음을 먹고 있었다.

물건을 사줄 손님을 불러 모으기 위해 그날의 이야기를 꺼내놓지만, 그럴 때마다 흔들리는 마음은 좀처럼 주체하기 어려웠다.

"그는……."

장시오는 힘겹게 입을 열었다.

공교롭게도 당시 장시오의 위치는 송현과 쌍소노 두 사람의 얼굴을 볼 수 있는 위치에 있었다.

차갑게 굳은 송현의 얼굴도, 악에 받친 쌍소노의 얼굴도 장시오의 눈엔 너무나 선명하게 보였다. 더불어 그 세 사람 간에 오가는 기묘한 신경전 또한 눈에 보이듯 선명하게 전해졌다.

꿀꺽.

꺾여질 듯 당겨진 활시위처럼 팽팽한 긴장감에 장시오는 저도 모르게 마른침을 삼켰다.

차가운 송현의 얼굴 표정.

그보다 차가운 송현의 목소리가 그의 입에서 흘러나왔다.

"왜 그래야 합니까?"

짧은 물음에 쌍소노는 소리를 높였다.

"이런 꼴로 어찌 살아가란 말이냐!"

"차라리 죽는 것이 낫다! 이 꼴로 무슨 수모를 받으며 살아가라고!"

"죽는 것이 낫다라……."

송현이 웃는다.

그 웃음마저도 얼음장만큼이나 차갑고 서늘했다.

"그렇지요. 두 분은 그렇지요. 타인의 목숨마저도 하찮게 여기시는 분들이시니, 제 목숨이라고 귀하겠습니까. 살아 그동안 쌓아온 죄업을 받느니 차라리 죽어버리는 편이 나을지도 모르겠습니다. 그런데 제가 왜 그래야 합니까?"

"……."

송현의 기세에 쌍소노의 입이 닫힌다.

송현은 그런 쌍소노를 향해 서슴없이 말로써 난도질했다.

"살아야지요. 살아서 그 죗값을 다 받으셔야죠. 그래야 더욱 고통스럽지 않겠습니까. 편한 죽음 따위로 어찌 죗값을 다 치르겠습니까. 안 그렇습니까?"

살아 있음이 죽음보다 더욱 고통스럽다 하는 쌍소노다.

그런 그녀들에게 죽음은 자비에 불과하다.

송현이 그 자비를 베풀어줄 이유는 어디에도 없었다.

그러나 송현은 고개를 끄덕였다.

"좋습니다. 죽음을 원하신다면, 그리해 드리지요. 진정 죽음을 원하십니까?"

조용한 질문이었다.

"합!"

그러나 세 사람의 대립을 처음부터 끝까지 모두 지켜보고 있었던 장시오는 헛숨을 들이삼켰다.

송현의 두 눈에서 다시금 귀화가 불타오른다.

푸르게 타오르는 열화가 그저 바라보는 것만으로도 간담을 서늘하게 만든다.

그러나 그보다 무서운 것은 따로 있었다.

뚝.

"……."

소리가 사라졌다.

고통에 찬 이들의 신음은 물론, 흘러가는 강물 소리와 바람 소리마저 사라져 버렸다.

완벽한 적막.

소리가 사라진 세상 속에서 장시오는 자신의 몸속의 혈액이 돌고, 온몸의 장기가 살아 꿈틀거리는 소리가 선명하게 들렸다.

그 소리마저도 사라져 간다.

지워져 가는 기분이었다.

이 세상에서 장시오라는 존재 자체가 사라지고 흩어져 버리는 기분.

그것은 지금껏 겪어 보지 못한 또 다른 공포를 불러일으켰다.

막연한 공포다.

두 눈을 뜨고 있음에도 세상이 검게 변하고, 사지가 흩어져 사라지는 듯하다. 어느 순간부터는 더 이상 위아래도 좌우 사방도 더는 인식할 수 없었다.

무(無).

온전히 무의 세계에 파묻혀 간다.

"…진정 그것을 원하십니까?"

불현듯 들려오는 소리.

소리가 사라진 세상 속에서 유일하게 흘러들어온 소리는 송현의 목소리였다.

그는 쌍소노의 대답을 재촉하고 있었다.

쌍소노가 지금 여기서 그렇다 대답한다면, 송현은 정말 쌍소노를 무의 세계로 파묻어버릴 것만 같았다.

제 일이 아님을 알면서도 장시오는 그것이 무서웠다.

"아, 아니오! 사, 살려주시오. 개똥밭에 굴러도 이승이 좋다고 하지 않소. 살려주시오. 응? 뭐하시는 게요! 어서 살려달라고 하지 않고!"

거대한 공포가 다른 것을 잊게 하였다.

쌍소노에 대한 두려움도, 송현에 대한 공포도 잊힌 지 오래다.

그래서 장시오는 쌍소노를 향해 소리를 높이고 어깨를 흔들어 사정했다.

평소라면 있을 수 없는 일이었다. 아니, 감히 상상조차 할 수 없는 일이었다.

그런데 그것을 한다.

그러지 않으면 정말 무의 세상 속에 모든 것이 파묻혀 버릴 것이라는 막연한 공포감이 그것을 가능케 했다.

"……."

그러한 장시오의 겁 없는 재촉에도 쌍소노 두 노파는 말이 없었다.

입을 꾹 다물고 그저 초점 없는 눈으로 허공을 응시할 뿐이었다.

마지막 남은 자존심을 세우고자 함이 아니었다.

그저 세 사람의 모습을 지켜보는 것만으로도 무한한 공포를 느꼈던 장시오다. 하물며 그런 송현의 시선을 정면에서 받아야 했던 쌍소노가 느꼈을 공포는 결코 그보다 적지 않을 것이다.

혼백이 나간 듯 입술을 바르르 떨 뿐, 어떤 말도 하지 못했다.

"대답하십시오. 정말 죽기를 바라십니까?"

송현은 야멸차게 계속해서 쌍소노를 재촉한다.

공포에 질린 장시오만 속이 바짝 타들어 가고, 심장이 두방망이질 쳤다.

장시오의 표정은 어느새 울 것 같이 변해 버렸다.

그런 장시오를 구해준 이가 있었다.

“송 악사님!”

유서린이다.

유서린의 목소리에 들림과 동시에 사라졌던 소리들이 다시 돌아왔다.

어느덧 송현의 두 눈에 타오르던 푸른 귀화도 사라진 지 오래다.

무(無)로 잠식해져 가던 세상에 다시 빛이 생겨나고, 존재(存在)라는 것이 생겨나는 듯하다.

막막한 두려움이 씻겨 내려갔다.

“…물러서 있겠습니다.”

송현이 어렵게 입을 열었다.

무거운 표정만큼이나 송현의 목소리 또한 무겁게 내리깔린다.

그 목소리에서 묘한 자책감이 묻어난다.

그러나 겨우 숨통이 트인 장시오가 그것을 느끼기에는 많은 무리가 뒤따랐다.

오히려 무로 잠식해 가던 세상이 일순 바뀌었다는 것만으로도 또 다른 두려움과 경외가 그의 마음에 자리 잡고 있었다.

송현이 몸을 돌렸다.

갑판 한쪽으로. 모두의 두려움과 염려 섞인 시선을 받으며 묵묵히 걸음을 옮긴다.

그러한 시선 속에는 장시오의 시선 또한 섞여 있었다.

"사람이 아니야……."

장시오는 그런 송현의 뒷모습을 바라보며 낮게 중얼거렸다.

속마음이 무심결에 흘러나온 것이다.

압도적인 존재감과 함께 내보였던 신위.

그것만으로도 이미 인간의 범주에 놓기에는 무리가 있었다.

하지만 진정으로 장시오에게 송현이 두려운 이유는, 마지막 쌍소노에게 보인 송현의 모습이었다.

존재를 세상에서 지워 버리는 힘.

장시오의 눈에 송현이 더 이상 인간으로 보이지 않게 하는 진정한 이유가 거기에 있었다.

"에이! 뭐요! 듣고 보니 별일도 없었구먼그래!"

"결국, 아무 일도 없었구먼, 뭘! 뭘 그걸 가지고 호들갑을 떨고 그러시오. 부랄이 아깝소, 부랄이!"

끝이 난 이야기에 청중들이 야유를 보낸다.

유달리 마음을 가다듬지 못하던 장시오의 행동들이 그들의 기대감을 높여준 것이다.

그러나 정작 장시오의 입에서 흘러나온 이야기는 그저 특별할 것도 없는 밋밋한 이야기일 뿐이다.

장시오는 쓰게 웃었다.

"그, 그렇소?"

익숙했다.

이미 몇 번이나 이 이야기를 꺼낼 때마다 되돌아오는 반응이었다.

처음에는 억울한 마음에 언성을 높여 보았지만, 이제는 만성이 되어 그리 마음 쓰이지도 않는다.

"뭐, 어쨌든 이야기를 들었는데 공으로 갈 수야 없지. 어디 팔 만한 것 있으면 내보시오."

그래도 다행이다.

처음은 이야기에 관심을 갖고 모여들었던 청중들이 예의상 장시오의 물건에 관심을 가져주었다.

이야기하는 시간은 길었지만, 준비한 물건을 파는 시간은 짧았다.

그래도 이렇게라도 수입을 벌었으니 그것이면 되었다.

어느덧 주점에 모여들었던 사람들도 모두 각자의 집으로 돌아갔다.

어두컴컴했던 밤은 어느새 어스름이 새벽을 밝힌다.

전낭이 두툼해진 장시오는 창가에 자리 잡고 앉아 술잔을 기울였다.

취기를 빌어 마음을 진정시킨다.

"거 무슨 청승이오."

툭.

그런 장시오의 앞에 볶은 소채 한 접시가 놓였다.

앞치마를 두른 두툼한 몸매의 주인이 무심한 척 장시오의 맞은편 자리에 앉았다.

"술만 마시면 속 버리오. 남는 것 볶았으니, 돈 걱정은 말고

드시오.”

은근한 마음 씀씀이에 장시오는 고개를 숙여 감사를 표했다.

“감사하오.”

그런 장시오에게 주인은 툭 하고 질문을 던졌다.

“한데 그날 보았던 그 사람 말이오. 단신으로 쌍소노와 무림인들을 제압해 버렸다던, 소문으로는 풍류선인 송현이라 하던데…….”

궁금했을 것이다.

지금까지의 그 누구와도 다른 힘을 내보인 사내.

술자리 안줏거리로 갖가지 소문을 접하는 이이니만큼 관심이 생기는 것도 무리는 아니다.

“맞소. 풍류선인 송현.”

장시오는 순순히 고개를 끄덕여 대답했다.

안주로 소채를 내어준 주인의 마음 씀씀이에 대한 그 나름대로 보답이었다.

“그런데 왜 그리 무서워하시는 거요? 생명의 구함을 받았으니 은인이라 해도 모자람이 없을 텐데, 이야기할 때 그쪽 표정을 보면 경외라기보단 꼭 두려움 같았소.”

주인은 그것이 궁금했던 것이다.

주방에서 손님들에게 나갈 안줏거리를 준비하면서도 틈틈이 고개를 내밀어 장시오의 이야기를 모두 들었었다.

최근 가장 소문이 무성한 이야기였으니, 관심이 갈 수밖에 없었다.

그러면서도 한편으로는 그 많은 청객이 보지 못하였던 것을 본 것이다.

바로 그날의 이야기를 풀어놓을 때 드러나는 장시오의 눈빛.

마치 험한 일을 당한 사람처럼 장시오의 눈엔 공포가 가득했다.

마음을 들켰기 때문일까.

장시오는 쓰게 웃었다.

"아주 어렸을 때 일이오. 그땐 지금보다 젊었고, 가족도 없을 때였소. 다른 보부상의 뒤를 따라 처음 이 일을 배우기 시작할 때였었소. 그때는 지금과 같이 무림에 사천이란 존재가 확립되기 이전이오."

"삼존(三尊) 사주(四主) 칠왕(七王)."

주점의 주인이 낮게 중얼거렸다.

그때의 강호는 지금과는 달랐다. 지금은 무림맹이 천하에 가장 거대한 세력으로 무겁게 자리하고 있었지만, 그때만 해도 그것이 아니었다.

온갖 강호세력과 수많은 강자가 어지럽게 난립하던 시기였다.

호사가들의 이야기로는 지금의 천외사천(天外四天)의 무위가 그때의 삼존과 사주. 그리고 칠왕을 압도한다고 이야기하지만, 실질적으로 가장 많은 피를 흘려야 했을 때는 지금이 아닌, 그때였다.

강호가 어지럽고, 하루에도 수십 개의 크고 작은 문파가 생멸하던 시기다.

"우연히 객점에서 사혈검주(死血劍主)와 마주친 적이 있었소. 아니, 마주쳤다기보단 멀찍이서 구경했다고 해야 맞을 것이오."

사혈검주.

시대를 피로 물들였던 혈인이다.

적어도 무림사에 있어선 그러했다. 무공을 익히지 않은 양민은 건드리지 않았지만, 티끌만 한 무공이라도 익힌 이들이라면 상대를 가리지 않았다.

삼류 무인은 물론, 이제 겨우 기본 무공을 익힌 무가의 어린 아이까지도.

그의 검은 무림인이라면 누구든 가리지 않았다.

그의 무공이 무엇인지는커녕, 그가 왜 그토록 무림인들을 향해 무분별한 학살을 벌였는지에 대한 이유도 밝혀진 바가 없었다.

"그리고 그날 그 자리에서 사혈검주는 일백의 무림인을 도살하였소."

"백의실혈(百意失血)을 직접 보았단 말이오?"

주인이 눈을 부릅떴다.

백의실혈.

무림인을 향한 무분별한 학살에 분노한 뜻있는 무림인 백여

명이 사혈검주의 살업을 막아서다 한 줌의 핏물로 화한 일화다.

무엇보다 당시 무림을 충격으로 몰아넣었던 것은 당시 사혈검주를 막기 위해 나섰던 백 인의 무인 중 일 인이 철정검왕(鐵正劍王) 백율운이 포함되어 있다는 데에 있었다.

비록 삼존과 사주 칠왕으로 별호를 나누었다고 하지만, 실질적으로 그들 간의 간극은 종이 한 장 차이로 알려졌었다.

그러나 그런 칠왕 중 일인이 백 명의 무인과 합공을 펼쳤음에도 사혈검주 하나를 상대하지 못했다.

전 무림을 충격과 공포로 몰아넣기에 충분한 사건이었다.

젊었을 적 장시오가 그 자리에 있었다.

사혈검주의 압도적인 힘을 보았고, 잔악한 손을 보았다. 그 날 죽어간 무인들이 흘려야 했던 피가 강처럼 흘러내리던 그 모습을 두 눈으로 지켜본 장시오가 느꼈을 충격은 결코 작은 것이 아니었다.

지금도 이따금씩 그날의 악몽을 꾼다.

투둑.

이야기하는 것만으로도 이마에서는 식은땀이 흘러내렸다.

"그날……. 풍류선인에게서 나는……. 사혈검주를 보았소이다."

붉은 불꽃에 휩싸여 배 위의 무림인들을 압박하던 모습에서.

쌍소노에게서 대답을 강요하던 모습에서.

그리고 유서린의 말에 몸을 돌려 물러나던 그 뒷모습에서.

송현의 모습 하나하나에서 장시오는 젊었을 적 보았던 피에 미친 광인을 보았다.

그것이 무섭다.

무림의 역사에서 사라진 사혈검주가 다시금 재림할 것만 같았다.

제2장
정천신권(正天神拳)

樂武林

정천신권(正天神拳) 유건극(柳乾極).

천하제일을 다투는 천외사천 중 일인이자, 정파 무림의 거인.

처음 무림맹을 만든 것 또한 그였고, 사마외도의 거대세력을 무너뜨리고 정파 무림의 전성기를 이끌었던 이도 그였다.

그러나 그동안 중원을 어지럽히던 사마외도의 거대 세력이 몰락한 지금.

시대를 바꾸어 놓았던 거인의 곁에 남은 것은 이름뿐인 무림맹주라는 직함(職銜)과 총군사(總軍師) 사마중걸. 그리고 그의 직속 무력 부대인 천권호무대가 전부였다.

그가 이룩해 놓은 공(功)에 비해, 그의 현실은 너무나 초라

한 모습이었다.

작금의 무림맹을 이끌어 가는 것은 더 이상 무림맹주 유건극이 아닌, 무림맹의 주축이 되었던 칠대가문이었다.

"맹주는 영악한 사람이다."

새하얀 수염이 배꼽까지 내려왔다.

열린 창으로 들어오는 바람에 곱게 입은 백색의 장포가 펄럭인다.

깊게 가라앉은 눈과 달리, 굳게 닫힌 입은 선명한 대조를 보이며 그의 심기가 얼마나 깊고 단단한지 엿볼 수 있게 했다.

유성검성(柳星劍星) 북궁정.

그것이 그의 이름이다.

또한, 현 무림맹을 움직이는 원령 중 일인이자, 오랜 역사를 자랑하는 북궁세가의 전대 가주이기도 했다.

그런 그의 앞에 청령단주 단호영이 기립해 있었다.

열게 고개를 숙인 채 기립해 있는 단호영의 모습은 자신이 북궁정의 아래에 있음을 여실히 드러내고 있었다.

"원령원의 칠가(七家)가 맹주를 밀어낼 때. 맹주는 얼마든지 반격할 수 있었다. 하나, 그렇지 않았지. 맹주는 순순히 자신의 실권을 모두 내어주었다. 그는 권력을 내어주고 민심을 얻은 것이다."

"……."

분명 현 무림맹의 행사를 결정하는 것은 칠대세가다.

하지만 그럼에도 칠대세가의 어느 누구도 무림맹의 주인이 될 수 없다.

무림맹의 권력을 쟁취한 것이 아닌, 양보받았기 때문이다.

아직 민심이 허울뿐인 무림맹주인 유건극에게 있기 때문이기도 했다.

유건극은 언제든 다시금 무림맹을 손안에 넣을 수 있는 셈이다.

북궁정과 다른 원령들은 지금껏 꾸준히 맹주의 힘을 약화시키는 데에 많은 노력을 기울여 왔었던 것 또한 그와 같은 맥락이었다.

"비연악사 송현, 아니, 풍류선인 송현. 확실한가?"

북궁정이 질문을 던진다.

"확실합니다."

"그렇군."

단호영이 대답했고, 북궁정이 고개를 끄덕였다.

꾸준히 맹주의 세력을 약화시켜 왔다. 군사부와 대립하고, 맹주의 직속부대인 천권호무대의 충원을 저지해 왔다.

그러던 차에 악양의 풍류선인 송현이 나타났다.

북궁정은 물론, 원령들 중 누구도 환영할 수만은 없는 일이었다.

"풍운조화를 부린다 했다. 사실인가?"

"사실입니다."

"그와 관계된 소문도 사실인가?"

"사실입니다."

북궁정이 질문하고 단호영이 대답한다.

질문은 거침이 없었고, 대답 또한 거침이 없다.

풍운조화를 부리는 것은 물론, 배 위에서는 단신으로 양민을 인질로 잡았던 쌍소노를 비롯한 무림인들을 제압했다고 한다.

신인(神人)이란 표현이 아깝지 않은 신위다.

"무리했다."

가만히 생각에 잠겨 있던 북궁정이 단호영을 보며 말했다.

송현과 단호영 사이에 이미 악연이 생겨 버렸다. 그 악연이 원령원과도 이어지고 있음은 당연지사다.

이초를 무림맹으로, 아니, 원령원으로 불러들이라 명한 것이 바로 북궁정 본인이었으니까.

명령이 내려지면 수단과 방법을 가리지 않는 단호영을 높이 평가하는 북궁정이었지만, 지금은 단호영의 장점이 오히려 악재로 작용해 버렸다.

"오해가 생겼으니, 풀어야지. 하지만 당장은 그럴 필요는 없을 것 같다. 감정이 아직 씻기지 않았으니, 비가 내릴 때를 기다려야지. 자넨 돌아가서 다른 이들에게도 전하라."

"알겠습니다."

북궁정의 명령에 단호영은 의문을 품지 않았다.

그만큼 북궁정을 신뢰한다는 의미이기도 했다.

"그럼 이만."

단호영이 짧게 묵례를 마치며 몸을 돌린다. 필요한 보고도 끝이 났고, 행해야 할 명령도 하달받았다.

그때였다.

"자네가 직접 그를 상대한다면, 이길 수 있겠나?"

돌아서는 단호영을 향해 북궁정이 질문을 던졌다.

소문이 무성하다. 하지만 아직은 무엇 하나 확실히 신뢰할 것이 없다.

신뢰할 것이 있다면 직접 송현을 겪어 본 단호영의 증언뿐이다.

"이길 수 있습니다."

단호영의 대답은 이번에도 망설임이 없었다.

한 치의 고민도 없는 대답에 북궁정의 두 눈에 잠시 이채가 어렸다 사라진다.

"이유는?"

이유를 묻는다.

단호영이 단순한 호기로 그리 대답하지는 않았을 것이다.

그렇다면 그에 걸맞은 근거가 필요하다.

순간 단호영의 입가에도 비릿한 미소가 스쳤다 사라졌다.

"그는 무인이 아니기 때문입니다."

무인이 아니다.

그것이 의미하는 바는 컸다.

현 무림맹의 행사를 결정하는 원령들 중 하나인 북궁정이 그것을 모르지 않았다.

"그렇군."

북궁정은 담담히 고개를 끄덕였다.

*　　　*　　　*

형문산 자락 아래에 위치한 무림맹은 그 성세만큼이나 거대한 규모를 자랑하고 있었다.

산세의 흐름에 맞게 유려하게 둘러진 벽은 한 사람이 온종일 따라 걸어도 다 걷지 못할 만큼 길고 끝이 없다.

무림맹의 건물은 능히 작은 현 하나의 크기와 비견되기에도 부족함이 없었다.

동서남북 사방으로 트인 큰 대문을 통해 수십 대의 마차와 수레가 드나든다. 그리고 그보다 많은 무림인이 무림맹을 들어서고 나서기 위해 긴 줄을 서고 있었다.

송현이 남문을 통해 무림맹 안으로 들어선 것은 해가 머리 위를 지날 때였다.

유서린은 송현을 남문 앞 큰 나무 아래에 잠시 기다리라 하고는 포박해 온 무사들을 이끌고 어디론가 사라졌다.

생전 처음 무림맹에 발을 들인 송현이니 달리 갈 곳이 있는 것도 아니다.

그저 가만히 나무 아래에 서서 주위를 살펴보는 것이 송현이 하는 일 전부였다.

'악양과 그리 다르지 않구나.'

칼 찬 무림인들이 자주 보인다는 것을 제외한다면 무림맹의 모습은 그리 이질적이지는 않았다.

여기저기 좌판을 벌여놓고 손님을 끌어모으는 상인들의 모습이나, 이리저리 뛰어다니는 아이들의 모습이나 악양의 모습과 크게 다를 바가 없다.

굳이 한 가지 특이한 점을 찾자면, 몇몇 아이의 복색이 하얀 바탕에 가슴에 노란 물을 들여놓은 통일된 복장이라는 점이다.

모르고 들어왔다면 전혀 무림맹이라 생각하지 못할 모습이다.

"오셨네요."

가만히 주위를 살피던 송현의 고개가 한쪽으로 돌아간다.

잠시 자리를 비웠던 유서린이 돌아오고 있었다. 무슨 일인지 유서린의 표정이 그리 밝지만은 않았다.

"오래 기다렸습니다."

"가셨던 일에 문제라도 있으셨습니까? 표정이 좋지 않으시군요."

송현의 물음에 유서린이 멈칫한다.

그러다 이내 쓰게 웃으며 작게 고개를 흔들었다.

"아니에요. 갔던 일은 잘되었답니다."

"그런데 왜?"

"곧 미운 사람을 만나야 해서요."

"미운 사람이라니……."

전혀 짐작 가지 않는 이야기에 송현이 말끝을 흐린다.

그런 송현의 모습에 유서린은 재빨리 화제를 돌렸다.

"맹주님께서 뵙고 싶어 하세요."

"지금 말입니까?"

송현이 놀라 되물었다.

무림맹주를 만날 것이라고는 예상을 했었다. 이초와의 인연도 있으니 한 번쯤은 얼굴이라도 마주치는 것이 예의에 맞는 것이다.

하지만 이처럼 쉽게 만날 수 있을 것이라고는 전혀 예상치 못했었다.

명색이 무림맹의 주인인만큼 그를 만나는 데에는 며칠 정도의 시간이 소요될 것이라 여기고 있었다.

스윽.

송현의 손길이 무심코 가슴 어림으로 향한다.

얇은 옷가지 너머로 곱게 접은 서찰의 감촉이 선명히 느껴졌다.

이초를 떠나기 전.

이초가 무림맹주를 만나거든 전해주라 했었던 서찰이 그 안에 잠들어 있었다.

"싫으시다면 굳이 강요하진 않겠어요."

송현의 모습이 망설임으로 받아들였는지 유서린이 그렇게 말했다.

송현은 급히 고개를 저었다.

"아닙니다. 만나 뵙겠습니다."

"…이쪽이에요."

송현의 대답에 유서린이 앞장섰다.

*　　*　　*

유서린의 뒤를 따라 걸으며 송현은 제법 많은 이야기를 들을 수 있었다.

그녀의 이야기는 평소답지 않게, 제법 친절하고 상세했다.

아무래도 무림맹에 처음 발을 들인 송현이니만큼 모든 것이 낯설고 어색할 것이다. 유서린의 평소답지 않은 자세한 이야기는 그런 송현을 위한 배려였다.

송현은 그런 유서린의 이야기를 통해 무림맹이 어떠한 곳인지 대략적인 윤곽을 잡을 수 있었다.

"이곳은 외맹현(外盟縣)이에요. 무림맹이나, 무림맹이라 할 수는 없는 곳이죠. 쉽게 말하면 무림맹을 중심으로 생겨난 민가라 보시면 될 거에요. 이곳에선 무림맹에서 소요되는 물자 일부분과 무림맹 식구들을 대상으로 한 상행위가 주를 이루는 곳이죠."

무림맹의 영역권이지만, 무림맹은 아니다.

어찌 보면 무림맹의 실질적인 규모는 겉으로 보이는 것보다 훨씬 작음을 의미한다 볼 수도 있었다.

그러나 송현은 그렇게만 볼 수 없었다.

'유사시에 충분히 자급자족이 가능한 형태로 바뀌겠구나.'

무림맹을 중심으로 마을이 구성되어 있다는 것은 많은 것을 의미했다.

그중에서도 가장 큰 의미를 꼽자면, 최악의 경우 물자를 외부에서 조달할 필요 없이 자급자족할 수 있다는 점이다. 모자람은 있겠으나 자급자족할 수 있다는 것만으로도 수성에서는 얼마나 큰 이득을 얻을 수 있는지 송현은 안다.

뿐만이 아니었다.

"저기 노랗게 물들인 옷을 입은 아이들은 천진각(天眞閣)의 아이들이에요. 주로 무림맹에서 필요한 자잘한 심부름 들을 해주는 아이들이죠. 아무리 성격이 제각각인 무림인들이라지만, 어린아이들에게까지 야박할 사람은 흔치 않으니까요. 처음 무림맹이 창설될 당시에만 해도 천진각은 주로 고아들을 모아다가 운영이 되었어요. 지금은 임무 중 순직한 무사들의 자녀 중 달리 오갈 데 없는 아이들로 채워지고 있는 흐름이에요."

송현의 귀를 끈 또 다른 이야기 중 하나는 천진각에 관한 이야기였다.

'생각보다 세심한 곳까지 신경 썼어.'

고아들을 모아다가 심부름을 시킨다. 어찌 보면 그리 크게 여길 필요 없는 일일지도 모른다. 하지만 그것이 가진 잠재력이나, 보이지 않는 힘은 절대 가볍지 않다.

무공을 익힌 무인이 온전히 자기 일에만 신경 쓸 수 있게 하기 위해서는 생각보다 많은 지원이 필요하다. 그것은 군대에 비견하여 생각하면 될 일이다.

무림맹은 그리하여 천진각이란 아이들로 구성된 단체를 구상했다. 아이들인 만큼 중요한 일이나, 큰 힘을 써야 하는 일에는 그 쓰임이 미약할 것이다. 하지만 그 밖의 자잘하고 사소한 일들은 천진각의 아이들이 담당할 것이다.

그 작고 사소한 것들이 거대한 단체가 유기적으로 돌아갈 수 있는 윤활제와 같은 역할을 해주는 것이다.

또한, 어린아이니만큼 각자가 가진 잠재력이 숨어 있다. 개중에는 그 재능을 인정받아 무림인으로서 성장하는 이들도 있을 것이다.

이는 무림맹을 유지할 수 있는 새로운 무인을 길러 낼 수 있다는 의미가 된다.

하지만 그보다 가장 중요한 것은 임무 중 순직한 무인들의 가족 중 달리 오갈 데 없는 아이들로 천진각을 채워 간다는 데에 있었다.

무림맹을 위해 희생한 무인의 가족들에게 있어 그것은 최소한의 자구책이기도 하다.

더불어 그 자구책이 있기에 무림맹을 향한 무인들의 충성심과 소속감도 한층 더 강해진다.

'무림맹은 정말 무서운 곳이구나…….'

송현은 새삼 무림맹이 가진 저력이 절대 작지 않음을 깨달았다.

한편으로는 황제가 존재하는 중원에서 이처럼 강한 저력을 가진 단체가 존재한다는 사실이 좀처럼 믿기지 않았다.

유서린은 그 뒤에도 많은 이야기를 했다.

맹주와 칠가의 원령들 간의 대립. 무림맹에서 발을 들이지 말아야 할 금지와 무림인들 간의 금기.

하나같이 앞으로 무림맹에서 지내야 할 송현에게 있어서는 결코 허투루 들어 넘길 수 없는 이야기들이었다.

그렇게 이야기를 들으며 무림맹 중심으로 점점 더 나아갔다.

몇 번의 크고 작은 문을 지났는지는 이제는 기억조차 나지 않을 지경이다.

그렇게 얼마나 걸었을까.

맹주전(盟主殿).

용사비등한 필체로 새겨진 현판이 눈에 들어왔다.

현판이 걸린 대문을 지나니 전혀 다른 세상이 펼쳐졌다.

"꽃이 예쁘군요."

그것이 무림맹주가 거한다는 맹주전에 들어선 송현의 첫 감상이었다.

대문을 넘어서니 넓게 펼쳐진 정원이 보인다.

작은 연못이 있고, 그 위로 작은 돌다리가 놓여 있다.

갖가지 계절에 맞춰 곳곳에 심어놓은 꽃은 묘한 조화를 뿜내고 있었다. 나비가 날개를 팔랑거리며 꽃들 사이를 오간다.

"하하하하! 맹주 할아버지! 바부! 나 잡아 봐라!"

"아니, 아니야! 맹주 할아버지! 영아부터 잡아요!"

천진한 웃음소리와 함께 어린아이들의 목소리로 들려왔다.

소리가 들려오는 쪽으로 고개를 돌린 송현의 입가에는 어느새 미소가 감돈다.

천진각의 옷을 입은 아이들 서넛이 화단을 이리저리 뛰어놀고 있다. 무엇이 그리 즐거운지 해맑게 웃는 얼굴에서는 한 점의 그늘도 찾아볼 수가 없다.

"쉿!"

이리저리 뛰놀던 아이 하나가 송현을 발견하고는 손가락을 들어 입술을 가린다.

조용하라는 뜻이다.

"허허허! 요 녀석들! 어디 있는 게야. 여기 있나? 아니면, 여기?"

그런 아이들의 중심에 머리가 희끗희끗한 사내가 서 있었다.

희끗희끗한 머리로 보아 그 나이가 적지 않음은 예상할 수 있었는데, 그렇다고 또 그를 노인으로 보기에는 무리가 있었다.

솥뚜껑처럼 두툼한 손은 얼핏 보기에도 힘이 넘쳤고, 처녀의 허리보다 굵은 팔뚝의 근육은 강철을 꼬아놓은 듯 단단하게 느껴졌다.

어울리지 않은 것이 또 있었다.

커다란 키와 탄탄한 근육질의 몸매와는 상반되게 그의 얼굴에 걸린 웃음은 훈훈한 온기가 감돌고 있었다. 두 눈을 가리고 엉거주춤한 자세로 이리저리 도망치는 아이들의 뒤를 쫓는 모습은 익살스럽기까지 하다.

송현이 그의 모습을 살피고 있을 때.

"맹주님."

유서린이 문득 입을 열었다.

아이들과 장난스러운 놀음을 하던 사내.

그가 바로 무림맹주 유건극이다.

"…이런 놀다 보니 내 깜빡 잊었구나."

방금까지 익살스러운 모습을 보이던 맹주의 모습은 온데간데없이 사라졌다.

아이들을 잡기 위해 한껏 굽혔던 허리를 펴고, 눈을 가렸던 무명천을 풀어냈다.

그리고 송현과 유서린을 향해 고개를 돌린다.

송현은 그런 맹주의 모습이 조금 전과는 비교할 수 없을 만큼 거대하게 보인다. 마치 거대한 산악이 눈앞에 떡 하고 버티고 선 기분이었다.

더불어 또 다른 사실을 알았다.

'눈을 가렸던 것도 결국 아이들과 놀아주기 위함이었어.'

무명천을 풀어 고개를 돌렸을 때.

송현은 무림맹주의 깊게 가라앉은 눈을 보았다.

조금 전까지 눈을 가리고 있었던 사람이라고는 믿기지 않을 만큼, 무림맹주의 눈에선 조그마한 초점의 흔들림도 찾아보기 어려웠다.

어찌 보면 당연한 일이다.

무림맹주에 천외사천의 일인으로 이름 올린 유건극이다. 그만한 고수의 눈을 겨우 천 쪼가리 하나로 가릴 수 있다는 것 자체가 어불성설이었다.

"자네가 송현인가? 반갑네. 유건극이라 함세. 잠시만 기다려 주겠는가?"

유건극은 송현의 대답도 듣지 않고 눈길을 돌렸다.

기다려 줄 수 있는가 의향을 물었지만, 이미 그 답을 알고 있다는 듯 그의 행동에는 거침이 없었다.

다시 무릎을 굽히고 허리를 숙여 아이들과 눈을 마주친다.

"맹주 할아버지 이제 안 놀아요?"

"술래잡기 안 해요?"

아이들이 아기 새 마냥 맹주의 곁에 모여들어 작은 입을 놀린다.

아쉬움이 가득한 아이들의 모습에 맹주는 그 큰 손을 들어 아이들의 머리를 하나하나 쓰다듬어 주었다.

"손님이 오셨지 않느냐. 아쉽지만 술래잡기는 다음에 하자구나."

"힝! 싫은데……."

"착한 아이는 이리 떼쓰는 것이 아니라 하지 않았느냐. 그보다 대장 아저씨 좀 불러주겠느냐?"

"대장 아저씨 무서운데……? 그럼 다음에 놀아줄 거예요?"

"그럼! 물론이지."

"그럼 좋아요! 우리가 대장 아저씨 불러올게요!"

맹주의 말에 아이들이 손을 잡고 맹주전을 나선다.

아이 중 하나가 송현과 유서린을 지나면서 잠시 걸음을 멈춰 세웠다.

"예쁜 얼음 누나는 맹주 할아버지 혼내지 말고요!"

양손을 허리춤에 올리고 눈을 흘기는 모습이 유서린이 무언가 제대로 밉보였던 적이 있음이 확실했다.

그 모습에 맹주가 파안대소를 터뜨린다.

"껄껄껄껄! 예끼! 그러다 얼음 누나가 이놈! 하면 어찌하려고!"

"……."

호탕한 맹주의 웃음.

그에 반해 잠시 당황하던 유서린의 얼굴은 이내 냉랭하게 굳어졌다.

그렇게 천진각의 아이들이 떠나고 맹주와 유서린, 그리고 송현만이 맹주전에 남았다.

맹주는 송현을 보며 차분히 입을 열었다.

"제법 긴 이야기를 해야 할 듯하네. 차라도 한잔하는 것이 어떻겠는가. 따라오게."

* * *

사방에 큰 미닫이문이 있다.

문을 모두 활짝 열어둔 맹주 덕분에 송현은 문 너머로 보이는 맹주전의 풍경을 구경할 수 있었다.

사방에 꽃밭이다.

나비와 꿀벌이 바삐 사방을 오가고, 날아온 작은 새가 담벼락 위에 앉아 지저귄다.

아름다운 풍경이다.

그렇게 송현이 주위의 광경을 살피는 동안, 맹주는 스스로 직접 차를 우려 송현의 앞에 놓았다.

"아름답지 않은가. 이곳 무림맹에서 이곳만 한 곳도 찾기 어려울 걸세."

송현의 앞에 차를 내놓은 맹주는 자랑스럽다는 듯 웃음을 지으며 말했다.

그러나 송현은 따라 웃기는커녕 그런 맹주의 모습을 신기한 듯 바라보았다.

'가락이 전혀 느껴지지 않아.'

맹주는 소리를 숨기지 않았다.

그의 목소리는 크고 힘 있다. 웃음소리는 호탕하다. 그런데도 송현은 그의 소리에서 어떠한 가락도 읽을 수가 없었다.

처음부터 그랬다.

그가 송현을 안내할 때, 그가 내는 발소리에서도, 맹주가 차를 우릴 때 흘러나오던 소리에서도 송현은 아무런 가락도 느낄 수가 없었다.

그 느낌이 너무나 생소하다.

"흠……."

그 생소함에 송현이 당황하는 사이, 맹주는 송현이 먼저 건넸던 이초의 서찰을 읽으며 작은 신음을 흘려내고 있었다.

텁.

맹주는 읽어 내려가던 서찰을 탁자 위로 내려놓았다.

"이 형. 그러니까 자네의 양부는 정말 멋진 분이셨네. 한땐 무림에선 이 형과 나를 호적수로 두고 이야기했으나, 기실 그것은 사실이 아니야. 당시 나는 이 형의 십 초식도 감당할 만한 능력이 없었으니 말일세."

맹주가 웃는다.

기분 좋은 미소다.

지난날을 떠올리는 맹주의 모습에 송현은 저도 모르게 긴장의 끈이 완화되었다.

"구명지은(求命之恩)도 몇 번이나 받았는지 모른다네. 이 형이 아마 무림을 떠나지 않았더라면 지금의 천외사천 위에는 이 형이 자리하고 있었을 걸세. 그만큼이나 대단한 분이셨지."

송현이 알고 있는 이초는 한때 무림인으로 살았고, 또 당시에 지금의 무림맹주와 호적수로 놓일 만큼 뛰어난 무인이었다는 것뿐이다.

이초는 그 이상을 이야기해 주지 않았고, 송현도 애써 묻지 않았었다.

그러나 막상 맹주의 입을 통하여 전해 듣는 무인으로서의 이초는 송현이 알고 있던 것 이상으로 대단한 사람이었다.

그 평가가 송현의 귀에는 너무나 달콤하게 들렸다.

"흠……!"

웃으며 이초에 관해 이야기하던 맹주의 입에서 또다시 신음이 흘러나왔다.

무인으로서의 이초를 이야기할 때 빠질 수 없는 것.

이초가 겪었던 불행.

그로 인해 무림을 떠날 것을 결정하였고, 그렇게 무림을 떠났음에도 자식을 잃었던 과거.

맹주는 입을 열어 그에 대해 말하지 않았으나, 맹주가 지금 그것을 생각하고 있음을 모를 만큼 송현은 아둔하지 않다.

신음을 흘리던 맹주가 주제를 바꾸었다.

"이 형을 대신할 화살받이가 되겠다고 들었네."

"그렇습니다."

맹주의 질문에 송현의 대답은 망설임이 없었다.

맹주가 이 형이라 칭하는 이초를 대신해 모든 무림인의 시선을 송현 본인에게도 돌리려 한다. 그럼으로써 이초를 덮칠 무림의 연까지 자신에게로 돌리려는 것이다.

그러니 맹주의 말은 틀림이 없다.

이초를 위한 화살받이.

송현이 무림맹으로 향한 가장 큰 이유였다.

"…풍운조화를 부린다지? 오는 길에는 쌍소노와 무림인들을 홀로 제압했다고 들었네. 광릉산보를 익혔기에 그러한 것인가?"

"겨우 한 가닥 깨달음을 얻었을 뿐입니다."

맹주의 물음에 송현은 순순히 대답했다.

광릉산보로 인해 이초의 아들이 죽었다. 그리고 당시 이초는 눈앞의 무림맹주의 청에 의해 그의 음악선생으로 무림맹에 거하고 있었던 상황이었다.

그러니 맹주가 광릉산보를 안다 하여도 전혀 이상할 것이 없는 일이다.

"이 형은? 다시 음을 잡으셨는가?"

"…형님을 잃으셨던 충격이 크셨습니다."

송현은 다른 대답을 내놓았다.

모호한 대답이다.

아니, 오히려 다시 음을 잡지 않았다고 해석하기 좋은 대답이었다.

'혹시 모르는 일이니…….'

이초와 맹주의 관계를 의심하지는 않는다.

하지만 맹주가 단 한 번이지만 이초가 다시금 북을 잡았음을 안다면 그 결과는 너무나 불확실했다.

어쩌면 이초를 무림맹으로 들이려 할지도 모른다.

송현이 힘들게 막았던 무림의 연이 또다시 이초를 덮치는 것이다.

"하긴 자식 잃은 아픔이 어디 그리 쉽게 가시겠는가."

"예."

맹주의 표정은 담담했다. 이미 짐작하고 있었다는 듯 그는 차분히 두어 번 고개를 끄덕인다.

"무림맹에서 달리하고자 하는 것이 있는가? 원한다면 내 악장(樂長) 자리를 만들어주지. 자네가 악단을 꾸리게. 무림맹에서 진행하게 될 대소사에 필요한 연회를 담당하는 걸세. 비연악사에 풍류선인이 악장이 된다는 데 반대할 사람은 없을 걸세."

맹주는 자리를 만들어준다고 했다.

악사인 송현에겐 더없이 좋은 자리다. 악장이 되어 연회의 음악을 주관한다. 더욱이 악단을 꾸리는 것 모두 송현에게 일임한다고 했다.

파격적인 인사가 아닐 수가 없다.

또한, 그것은 이초가 송현을 무림맹으로 떠나보내면서 바랐던 일이기도 했다.

"죄송하지만, 제겐 너무 과분합니다."

그러나 송현은 고개를 저어 에둘러 맹주의 제안을 거절했다.

"과하다? 하면 달리 원하는 것이 있는가?"

"무림을 경험해 보고 싶습니다."

"무림을?"

"예, 아버지께서 말씀하시길 무림은 인간의 오욕칠정이 가장 격렬하게 드러나는 곳이라 하였습니다. 또한, 제가 악사로서 가야 할 길이 그 오욕과 칠정에 있을 것이라 하셨습니다."

"오욕칠정이라……. 그것을 위해 무림을 겪고 싶다라……."

맹주는 난감하다는 듯 송현의 말을 곱씹는다.

맹주가 다시 입을 연 것은 그로부터 조금의 시간이 흐른 뒤였다.

"내가 내어줄 수 있는 자리는 천권호무대뿐일세. 거긴 위험한 곳일세. 내 부덕으로 고된 일을 도맡아야 하는 곳이지. 자네가 그곳으로 간다면 자네의 안전은 누구도 보장할 수 없게 돼. 이 형도 그것은 원치는 않을 걸세. 그래도 괜찮은가?"

위험하다고 말한다.

더불어 맹주의 말속에는 현재 맹주가 처한 상황을 은연중에 드러내고 있었다.

천권호무대는 명색에 무림맹의 주인인 맹주의 직속 부대다.

그런데도 무림맹주는 정작 천권호무대가 위험하고 고된 곳이라 송현을 만류하고 있다.

"감사합니다."

하지만 송현은 크게 망설이지 않았다.

이초를 떠나오면서 약속했었다.

예악의 끝에 무엇이 있는지 보고 오겠노라고.

그때가 되면 이초에게 예악의 끝에 무엇이 있는지 이야기해 주겠노라고.

그러니 멈추어 서 있을 수만은 없었다.

이미 무림맹으로 오는 배 위에서 광릉산보의 일부를 얻었다. 그리고 그것이 인간의 감정(感情)에서 비롯되어서야 그 진의를 찾을 수 있음도 알아내었다.

길을 찾아두고도 망설일 이유는 없다.

"…알겠네. 밖에 있는가?"

맹주의 고개가 무겁게 끄덕여진다. 그리고 송현의 뒤편을 향해 시선을 던졌다.

활짝 열린 방문 너머로는 웅장한 덩치의 사내가 서 있었다.

중년의 나이에, 제 키만큼 큰 거도를 등 뒤로 비껴 멘 사내가 서 있는 모습은 마치 처음부터 그곳에 서 있었다는 듯 자연스럽기 그지없었다.

맹주의 시선을 좇아 고개를 돌린 송현은 그런 중년인의 모습을 확인하고도 놀라지 않았다.

이미 그가 맹주전에 들어서면서부터 송현은 그의 발소리를 듣고 있었다.

그러니 놀랄 것은 없다.

"인사하게. 천권호무대의 대주일세. 앞으로 자네의 상관이 되어줄 사람이야. 달리 강호에서는 파사진도(破邪進刀)라 불리는 사람일세."

맹주의 소개에 송현이 자리에서 일어나 허리를 숙였다.

"송현이라 합니다."

"진우군이다."

송현의 정중한 인사에 파사진도, 아니, 진우군이 자신의 이름을 밝힌다.

무뚝뚝한 얼굴이다. 그 무덤덤한 표정만큼이나 그의 목소리도 무덤덤하기만 했다. 새로운 수하가 생겼음에도 기뻐하거나, 반기는 기색 역시 없다.

"자네가 많이 챙겨주시게. 아직 무림이란 세계가 낯설고 서툴 걸세."

"명을 받들겠습니다."

무림맹주의 부탁에 대답하는 모습조차도 무덤덤하기만 하다.

예의는 차리지만 그뿐이다.

하지만 그것이 마음이 없어서는 아닌 듯했다.

그저 타고난 성정 자체가 감정의 드러남이 없고, 무뚝뚝한 것이라 송현은 생각했다.

"따라오거라."

진우군이 송현을 불렀다.

새로 천권호무대에 들어왔으니 소개해 주고 알려주어야 할 것도 많은 것이다.

"그럼 먼저 나가보겠습니다."

송현은 맹주에게 인사를 잊지 않고, 그런 진우군을 좇아 맹주전을 나섰다.

"…어디 몸 상한 데는 없느냐?"

맹주의 시선이 유서린을 향한다.

따스한 온기가 가득 묻어 있는 목소리. 하지만 그와 달리 유서린을 향해 질문을 던지는 맹주의 눈빛은 가늘게 떨리고 있었다.

"그런 눈으로 보지 말아주세요."

그런 맹주를 대하는 유서린의 대답은 매정하기 그지없었다.

이상한 일이다.

상식적으로 유서린은 맹주의 직속부대인 천권호무대의 일개 대원에 불과했다.

한낱 일개 대원이 맹주를 대하는 모습이라고 하기에는 너무나 무례하고 매정한 모습이었다.

맹주의 입가에 쓴웃음이 맺힌다.

"아직도 아비를 용서치 못한 것이냐?"

"저는 어머니와 다르니까요. 당신이 우리를 버렸을 때, 저도 당신을 버렸으니까요."

차가운 말이 비수가 되어 맹주의 가슴에 내리꽂힌다.

맹주의 쓴웃음은 더욱 슬퍼졌다.

유건극. 유서린.

피로 이어진 부녀간이었으나, 이제는 오히려 남보다 못한 사이가 되었다.

"…미안하구나."

천외사천 중 일인이자, 비록 이름뿐이지만 무림맹의 맹주다.

그런 그도 유서린의 앞에선 힘없이 어깨를 축 늘어뜨렸다.

유서린은 그런 맹주의 모습조차 마음에 들지 않는다는 듯 끝내 고개를 돌려 외면해 버렸다.

"왜 그러셨죠?"

눈도 마주치지 않은 채 질문을 던진다.

“대주께서 비천마경의 진본을 제게 맡긴 이유가 당신 때문이 아닌가요? 왜죠? 또 강호에 돌을 던져 보신 건가요?”

고개를 돌린 유서린의 질문이 날카롭게 맹주를 향한다.

대주가 비천마경의 진본을 유서린에게 맡겼다. 보안을 위해서라고 했지만, 그것을 믿을 수는 없었다.

천권호무대중 가장 무위가 뛰어난 사람은 대주 진우군이다. 그러니 진본을 지니고 있어야 할 사람은 진우군이 가장 적합했다.

더욱이 당시 천권호무대와 떨어져 송현을 안내해야 했던 시점이다.

그럼에도 별말 없이 명령을 따랐다.

그 상식에 어긋난 명령이 누구에게서부터 시작되어 내려왔을 명령인지 너무나 잘 알고 있었기 때문이다.

“…….”

그 날 선 질문에 맹주는 입을 굳게 다물었다.

부정하지 못했다.

그럴수록 유서린의 물음은 더욱 날카롭게 날을 세우고 있었다.

“또 피를 흘릴 상대를 찾으시는 건가요? 아니면 송 악사님을 시험하기 위해서? 그것도 아니면…….”

신랄한 질문.

그러나 이번만큼은 유서린도 쉽게 말을 다하지 못하고 말꼬리를 흐렸다.

피식.

"아니면 이제 저마저 버리시려는 건가요?"

차가운, 한편으로는 처연한 미소가 유서린의 얼굴 위로 떠올랐다.

*　　　*　　　*

천권호무대.

무림맹주 직속 부대로 처음 창설될 당시 중원의 낭인과 이름 없는 문파의 무인들로 구성된 단체였다.

맹 내에서 반발이 있을 수밖에 없었다.

가진 바 무공이 보잘것없고, 내세울 것 없는 출신 신분의 무인들이 무림맹을 대표하는 무력집단의 한 축이 된다는 것을 마냥 반길 만한 이들은 그리 많지 않았다.

무림맹주가 자충수를 둔다는 것이 세간의 평가였다.

하지만 뚜껑을 열어본 천권호무대는 세간의 예상과는 전혀 다른 존재들이었다.

낭인, 이름도 없는 중소문파의 무제자들.

오롯이 무공에만 의지하여 강호에서 살아갈 수 없는 이들이다. 그렇기에 그들은 각자의 장기를 개발할 수밖에 없었다.

그것이 체계적인 무공을 익혀온 명문대파의 제자들과의 차이점이었다.

거기에 실전 경험과 스스로 무고를 개방한 맹주의 가르침이 더해졌다.

그 결과는 경이로웠다.

가장 위험한 곳에, 가장 먼저 투입되고 가장 나중에 물러선다. 그럼에도 결코 패하지 않는다. 주어진 임무는 결코 실패하는 법이 없다.

독시궁, 사천성, 백마신궁의 정예들조차 천권호무대를 감히 막아서지 못했다.

무림맹을 대표하는 가장 강한 무력단체가 된 것은 당연한 일이다. 강호의 정파무림인들의 선망의 대상이 된 것은 두말할 필요도 없다.

하지만 그것은 모두 예전의 이야기다.

단 한 번의 패배.

그리고 권력의 자리에서 한발 물러선 무림맹주.

그런 맹주를 견제하는 원령원의 세력들.

이제 더 이상 어떤 젊은 무인도 천권호무대에 들기를 원치 않는다. 일백에 달했던 천권호무대의 숫자도 이제 고작 넷에 불과했다.

그리고 이제 다섯이 되었다.

*　　　*　　　*

…….

아버지께서 하신 말씀이 옳았습니다.

광릉산을 익히는 열쇠는 사람의 감정이었습니다.

처음으로 사람을 상하게 했습니다.

악공이라는 사람이 음악을 다스리지 못해 휘둘려 버렸습니다. 생명을 가벼이 여기는 모습을 참기 어려워서였습니다. 하나, 그 또한 아직 제가 가야 할 길이 멀었음을 의미하겠지요.

그래도 길을 찾았으니 한번 가보려 합니다.

해서 천권호무대라는 곳에 들어왔어요. 아버지께선 원치 않으시겠지만, 심려치 마십시오.

모두 친절한 분이시고, 또 다정한 분이십니다.

저는 이곳에서 광릉산의 좋는 길을 가려 합니다.

날씨가 벌써 여름으로 접어드는…….

차분히 붓을 놀리던 송현이 고개를 들었다.

무림맹으로 온 후 처음으로 써보는 편지다. 하고 싶은 말은 산더미 같은데, 그것을 글로 옮겨 적으려니 막막하기만 하다.

그 감정이 제대로 전해질까 심려되고, 그 마음을 어떻게 다 담아야 할까 두려워진다.

그래서 끝내 다 하지 못한 채 붓을 내려놓았다.

고개를 드니 천권호무대의 연무장이 한눈에 보인다.

말이 연무장이지 넓은 공터에 놓여 있는 물건도 제각각이다.

"……."

중년의 사내가 서 있다.

날카로운 눈매에 작고 깡마른 체구.

왼쪽 허리에는 두 개의 검을 차고 있었는데, 그 길이는 같으나 그 폭은 다르다.

중년 사내는 그중 폭이 두꺼운 검의 검파(劍把)를 으스러져라. 움켜쥔 채로 앞에 선 허수아비를 날카롭게 노려보고 있었다.

단지 검파를 잡고 노려보는 것만으로도 무서운 기세를 뿜어낸다.

마치 생사 대적을 눈앞에 둔 듯했다.

풍파이검(風波二劍) 위전보.

그것이 중년 사내의 이름이다. 그는 또한 천권호무대의 부대주의 직책을 가지고 있었다.

평소에도 날카로운 기세를 품고 있어, 송현이 천권호무대에 든 이후에도 몇 번 말을 섞어 보지 못한 사람이다.

깡! 깡! 깡!

그를 보던 송현이 고개를 한쪽으로 돌렸다.

시끄러운 쇳소리로 그 존재감을 전하는 곳엔 거한이 서 있었다.

송현의 키보다 머리 두 개는 더 얹어놓은 듯한 거대한 키에 우람한 근육, 몸 여기저기에 난 크고 작은 상처.

그런 그의 몸과 달리 연신 망치를 내리치는 그의 얼굴은 순박하기 그지없었다.

넓게 트인 연무장에 지붕 하나 달랑 얹어놓고, 그 아래에 화로 놓아 대장간을 만들었다. 뜨겁게 타오르는 화로 속에서 금방 꺼낸 붉게 달아오르는 쇳덩이를 내리치는 그의 얼굴에서는 순박한 미소가 떠올라 있었다.

철탑거령(鐵塔巨靈) 소구(小口).

천권호무대의 대원으로 천진각의 출신이라 들었다. 아주 어린 나이에 천권호무대의 일원이 되었으나, 심병(心病)을 앓고 있어 말을 하지 못한다고 전해 들었다.

어두운 것을 싫어하고, 사방이 꽉 막힌 곳에 오래 있지 못한다고 했다.

나이는 송현보다 위로 두 살이 겨우 많은 정도다.

"헤헤!"

한참 쇳덩이를 두드리던 소구가 송현의 시선을 느꼈는지 담금질을 멈추고 웃는다.

머리를 긁적이며 송현을 보며 웃는 그 모습은 한없이 순박하기만 하다. 그 바보 같은 순박함에 가끔씩 천진각의 아이들이 짓궂은 장난을 거는 것을 본 적도 있었다. 그럴 때마다 소구는 그저 웃어넘길 뿐이다.

송현은 그런 소구의 모습에 자신도 모르게 마주 미소를 지었다.

"음? 뭘 그리 쓰시오? 대주는? 아직 풀떼기만 세고 있소?"

그런 송현의 어깨를 누군가 툭툭 치며 묻는다.

아직 해가 중천이건만 어디서 또 술을 마시고 왔는지 얼굴은 이미 얼큰하게 취해 붉게 달아올라 있는 사내.

그 술 마신 곳이 여인네들이 있는 기루였는지 은근히 사향 냄새와 지분 냄새가 한데 섞여 풍겨 왔다.

송현도 익히 안목이 있는 자다.

주찬이다.

"거, 저 위인들은 지겹지도 않나. 허구한 날 저러고 있으니……. 안 그래도 짧은 인생 즐기면서 살아야지! 안 그렇소?"

"그, 그렇습니까?"

주찬의 물음에 송현이 어색하게 웃었다.

주찬이 피식 웃는다.

"됐소. 악공이나 저들이나 어차피 오십보백보인걸. 보나마나 유소저는 또 저쪽 뒤에서 검무나 추고 있을 것이고……. 자! 맡아보시오."

주찬이 불쑥 작은 향낭을 내민다.

송현은 익숙한 듯 그 냄새를 맡다 이내 눈가를 찌푸렸다.

"이게 무엇입니까?"

"고양이 오줌이요. 추종향(追從香)에 섞어 넣는 재료 중 하나요. 그리고 이것은……."

술에 취해 붉어진 얼굴로 주찬은 이것저것 설명했다. 주로 추종술에 관련된 설명이나, 천권호무대끼리 통하는 암어(暗語)와 암어를 남기는 방법 등에 관한 이야기다.

여러 가지 임무를 수행하는 천권호무대인만큼, 그것은 사소하지만 아주 중요한 것들이었다.

임무가 없을 땐 온종일 주루에서 머무는 주찬이 이렇게 연무장을 찾아온 것 또한 송현에게 그것을 가르쳐 주기 위함이었다.

그것이 아니었더라면 아마도 주찬의 얼굴을 보기는 어려웠을 것이다.

"어렵군요."

주찬의 설명에 따라 이것저것 해보던 송현이 난감한 웃음을 지었다.

강호에 추종향이란 물건이 있고, 또 각 단체마다 정해진 암어가 있다는 것은 책으로 보아 알고 있었다.

그러나 그것을 직접 익힌다는 것은 알고 있는 것과는 다른 일이었다.

특히나 뒤엉킨 냄새들 속에서 추종향의 냄새를 좇는다는 것은 송현에게는 정말 어려운 일이었다.

"그게 어디 하루아침에 익힐 수 있겠소. 너무 조급해하지 마시오. 그래도 송 악사 정도면 빠르게 익히고 있는 편이기도 하고……. 조만간 임무에도……."

이야기하던 주찬의 고개가 한쪽으로 돌아갔다.

임무가 없는 날이면 늘 산에 올라 나뭇잎을 센다던 호무대주 진우군이 연무장으로 들어서고 있었다.

미리 언질이 있었는지 그런 진우군의 뒤에 유서린이 뒤따른다.

한바탕 검무를 펼치고 온 길인지 유서린의 고운 이마에는 맑은 땀방울이 흘러내리고 있었다.

그 모습이 묘한 기분을 자아낸다.

“주목!”

그렇게 송현과 주찬이 진우군과 유서린을 살피고 있을 때.

연무장 중앙에 들어선 진우군이 짧게 말했다.

“…….”

삽시간에 적막이 찾아든다.

소구는 구슬땀을 뻘뻘 흘리며 내리치던 쇳덩이도 내팽개치고 연무장 중앙으로 걸어 나왔다. 내내 허수아비와 생사 대적을 만난 듯 눈싸움을 하던 위전보도 어느새 기세를 거두고 서 있었다. 취기로 얼굴이 붉게 달아올랐던 주찬도 어느새 평소의 안색을 되찾은 지 오래다.

그 모습이 송현에겐 낯설게 다가왔다.

송현이 이곳에 와서 본 것이라고는 서로 무엇을 하던 간섭하지 않고 각자 제 일에만 집중하던 모습이 전부였으니 어쩌면 당연한 일인지도 몰랐다.

정말 한 단체가 맞는가 싶을 만큼 모래알 같은 모습은 온데간데없이 사라지고 진지한 모습만 가득하다.

“임무다.”

“무슨 임무입니까?”

진우군의 짧은 말에 위전보가 곧장 반문을 던진다.

위전보의 목소리는 쇠를 깎듯 거칠고 다듬어지지 않은 목소리였다.

“독견(毒犬)이 나타났다. 제압하라는 명령이다. 상황의 여의치 않으면 사살해도 좋다."

"음……!"

진우군의 설명을 짧고 명료했다.

그러나 그 의미가 절대 가볍지만은 않은지 위전보의 입에선 신음이 흘러나왔다.

"대주! 독견만입니까? 혼견(混犬)은? 인견왕(人犬王)은 없는 것이 확실합니까?"

신음을 흘리는 위전보를 대신하기라도 하듯 주찬이 연거푸 질문을 쏟아낸다.

위전보만큼이나 주찬의 얼굴도 어둡긴 마찬가지다.

'대체 독견은 누구고 혼견, 인견왕은 또 누구기에…….'

송현은 천권호무대의 반응에 속으로 의문을 품었다.

대체 그들이 무엇이기에 이들이 이토록 심각한 얼굴을 하고 있는지 당최 감이 잡히지 않았다.

무림인으로 살아온 그들과 송현의 차이는 이처럼 작은 곳에서도 불쑥불쑥 튀어나오고는 했다.

"독견만 목격됐다. 인견왕이 있을지도 모르지. 그건 현장에서 확인해 보아야 할 문제다. 준비해라."

준비해라.

짧은 한마디에 또다시 반응이 바뀐다.

"알겠습니다."

"젠장! 오랜만에 좀 쉬나 했더니!"

툴툴거리는 주찬과 무겁게 고개를 끄덕이는 위전보.

그러나 상반된 반응을 보이는 두 사람이 하는 일은 같다.

각자 무기를 챙기고, 멀리 나설 채비를 갖춘다.

그 모습이 능숙하고 자연스러웠다.

그리고 그것은 소구와 유서린 또한 마찬가지다. 채비를 정비하는 그들의 손놀림이 점점 더 빨라졌다.

그때 진우군의 시선이 송현에게 내리꽂혔다.

"준비해라."

"예?"

갑작스런 명령.

송현은 순간 그 의미를 파악하지 못하고 반문하고 말았다.

"같이 간다."

진우군의 대답은 이번에도 역시 짧았다.

제3장
첫 임무

樂
武林

위산촌은 융중산과 무당산의 지맥이 이어지는 곳에 위치한 작은 산골 마을이다.

자그마한 산골 마을이다 보니 동네 사람 모두 모르는 얼굴이 없고, 서넛의 성씨가 모여 사는 만큼 몇 다리만 건너면 모두 친인척이나 다름없는 관계다.

옆집에 수저가 몇 벌인지, 뒷집 향촌댁이 오늘 입은 시집올 때 해온 치마가 햇수로 몇 년이나 나이를 먹었는지까지 아는 곳이다 보니 늘 소란 없이 조용한 마을이기도 했다.

하지만 간밤에 일어난 괴사로 그 조용했던 마을이 시끄러워졌다.

위산촌 종씨가의 큰 어른인 종추삼은 간밤의 괴사를 목격한

몇 안 되는 사람으로 마을 사람들에게 그때의 일을 이야기하고 있었다.

모두 다 아는 얼굴이니 체면 차릴 것도 없이 그의 입에서 나오는 말은 지극히 사실적이었다.

“응……. 그러니까. 이렇게! 이렇게 콱 하고 물었지. 제 목줄을 물렸으니 주칠이가 어디 가만히 있겠는가. 죽는다고 난리를 쳤지. 저기 저 고랑도 그리 파인 것이 아닌가. 여하튼 간에 그 흉물이 어찌나 힘이 세던지 발버둥 치는 주칠이 수족을 한 번에 꺾어버리지 않던가. 무서운 것은 그놈이 그러면서도 주칠이 그놈이 제풀에 죽을 때까지 숨통은 절대 끊지 않더라 이거야.”

종추삼은 지난밤의 일이 눈앞에 선한지 한차례 몸을 부르르 떨며 몸서리를 쳤다.

“그러면 노인장은 그때 무얼 하고 있었소? 들어보니 처음부터 다 지켜본 모양인데…….”

“응? 나? 나야 그냥 멍하니 이러고 서 있었지. 내 소싯적에 범 사냥을 나갈 만큼 담 세단 소린 많이 듣고 살았는데, 그 괴물 놈하고 눈을 딱 마주치고 나니 손가락 하나도 까딱할 수 없지 무언가. 암! 그 서슬을 보면 누구든 그리할 수밖에 없을 걸세. 그냥 그렇게 얼어서는 아! 주칠이 다음에는 나겠구나! 하고 있었지.”

“그런 것치곤 너무 멀쩡한 것 아니오?”

“그것이 나도 의문이야. 종칠이가 그렇게 축 늘어지고 나서 그놈이랑 다시 눈이 마주쳤는데 말이야. 그놈이 글쎄 크르르륵거리기만 하고 저쪽으로 네발로 기어서 사라지지 뭔가."

"크르륵? 동물이었던 게요? 호랑이나 늑대 뭐 이런 것 말이오."

"동물은 무슨……. 머리털 검은 것 말고는 죄 민둥거리던걸? 내 늙어 눈이 잘 보이지 않기는 하나, 그 정도는 분간할 줄 아네. 말세긴 말세여. 조용한 마을에 대체 이게 무슨 일인지……."

종추삼은 주름진 눈을 찌푸리며 고개를 절래 저었다.

그리고는 떨리는 손으로 곰방대에 불을 붙여 한 대 깊이 빨았다.

"후―! 이제야 좀 살 것 같은……. 음? 근데 누가 노인장이라니? 대체 어느 후레자식이 감히 이랬소 저랬소야!"

하얀 연기를 깊이 뿜어내던 종추삼이 버럭 성을 냈다.

종추삼은 명색에 위산촌 종가의 가장 큰 어른이다. 적어도 마을 내에서는 그에게 하오 같은 반 존대를 쓰는 사람은 없었다.

그런데 무심결에 질문에 대답하고 나니 누가 자신에게 그렇게 말했던 것이 생각난 것이다.

성이 난 종추삼이 주름진 눈을 날카롭게 이리저리 훑었다.

"오냐! 오가네 둘째 아들. 거… 그래! 오사! 네놈이냐?"

"무, 무슨 말씀이십니까! 제가 미쳤다고 어르신께 그러겠습니까?"

"하면 네놈 말고 누가 내게 그따위로 했단 말이냐!"

"그, 글쎄요. 아무튼 저, 저는 아니라니까요!"

졸지에 버릇없는 놈으로 지목받은 오사가 억울하다는 듯 펄쩍 뛰었다.

괜히 간밤에 일어난 괴사가 대체 어떻게 된 것인지 들어보려 고개를 내밀었다가, 애꿎게 버릇없는 놈이 되어버린 것이다.

'아이씨! 괜히 이게 무슨 꼴이냐! 한데……. 대체 어떤 놈이 어르신께 그딴 말을 했던 것이지?'

그러면서도 종추삼에게 노인장이라 부른 이가 누군지 기억나지 않아 제대로 된 변명도 못하고 있었다.

그러는 사이.

종추삼의 이야기를 듣기 위해 둥글게 모인 사람들 틈으로 건장한 사내가 슬쩍 빠져나오고 있었다.

"아이고! 아이고! 이놈아! 네가 가면 이 어미는 어찌 살라고 거기 그렇게 누워 있는 게야! 이제 장난은 그만하고 일어 나거라! 어서! 응?"

늙은 노모가 죽은 아들의 시신을 부여잡고 눈물짓는다.

그 대성통곡에 송현은 입을 꾹 다물었다.

'사람의 시체가 어찌…….'

시체를 자주 보지는 않았다.

하지만 송현의 상식으로도 노모의 앞에 놓인 아들의 시신의 모습은 이해하기 어려운 모습이었다.

무언가에 목이 물렸다.

사지가 반대로 꺾여 부러졌지만, 결정적인 사인은 무언가에 물어뜯긴 목이다. 그런데 대체 어떤 동물이 시신의 목을 물었는지 쉬 감이 잡히지 않는다.

하지만 그보다 심각한 것은 시신의 상태였다.

간밤에 변을 당했다는 이야기를 듣고 찾아왔다. 그러나 눈 앞의 시신은 족히 몇 달은 이대로 방치되었을 법한 모습이다.

부패한 흔적이 역력했다. 특히나 결정적인 사인이라 할 수 있는 목의 상처는 시체 썩은 검은 물이 흘러나올 만큼 부패의 정도가 심각했다.

"부시독(腐屍毒)."

함께 시신을 살피던 진우군이 짧게 한마디 했다.

"부시독이라니 그것이 무엇입니까?"

그 말에 송현이 재차 질문을 던졌지만, 질문에 대한 답은 진우군이 아닌 유서린에게서 돌아왔다.

"시신이 섞으면서 만들어지는 독성이에요. 경우에 따라선 시신의 부패를 빠르게 하기도 하죠."

"그럼 누군가 부시독으로 이분을 살해했단 말씀이십니까?"

송현이 놀라 눈을 크게 떴다.

유서린의 말로 유추해 보면 불과 하루밖에 되지 않은 시신이 이처럼 빠르게 부식된 것은 부시독이란 독 때문이다.

없던 부시독이 갑자기 생겼을 리는 없으니, 누군가 시신에 부시독을 주입했을 것이다.

그리고 그 말은 곧 죽은 자의 목을 물어뜯은 흉수의 치아에 부시독이 숨어 있다는 의미이기도 했다.

사람의 몸에 독을 담는다.

그리고 그 독은 상대를 물어뜯음으로써 감염시킨다.

그러고도 정작 그 독을 품고 있는 흉수는 멀쩡한 것이다.

'무림이란 곳은 대체……!'

자신의 상식으로 도저히 이해하기 어려운 현실을 대면한 송현은 굳은 표정으로 절래 고개를 내저어 버렸다.

"독견이 확실합니다. 저 종추삼이란 노인장의 말에 의하면 짐승은 아닌 듯했습니다."

당시 상황을 지켜본 몇 안 되는 목격자의 이야기를 듣기 위해 잠시 일행과 떨어졌었던 주찬이 돌아오며 이야기했다.

"방향은?"

진우군이 물었다.

"서쪽입니다."

주찬의 대답은 빨랐다.

"쫓는다!"

진우군의 결정 또한 빠르기 그지없었다.

독견으로 추정되는 괴수를 좇아 천권호무대는 빠르게 서쪽으로 이동하기 시작했다.

"저……."

앞장선 진우군의 뒤를 쫓던 주찬을 누가 불러 세웠다.

송현이다.

"무슨 일이시오?"

"대체 독견은 무엇입니까? 혼견은요? 인견왕은 대체 무엇입니까. 왜 이렇게 다들 긴장하고 조급해하시는지요?"

첫 출행.

무림과의 연이 없었던 송현에게는 지금의 모든 것이 낯설기만 했다.

스륵.

풀숲을 가른다.

진우군이 앞장서고, 그 오른쪽엔 위전보가, 왼쪽엔 유서린이 자리했다. 제 키만큼 커다란 방패를 등에 멘 소구가 그 뒤를 받친다.

익숙한 듯 자연스러운 모습이다.

송현과 주찬이 그 뒤를 쫓는다.

무림 경험이 일천한 송현이기에, 무언중에 주찬이 송현의 의문을 풀어주는 역할을 담당하게 된 모습이었다.

아니, 당연한 일인지도 몰랐다.

진우군은 명령을 내릴 때를 제외하면 달리 입을 여는 편이 아니고, 유서린 또한 필요한 경우가 아니면 말을 아끼는 편이다. 하물며 독견을 쫓기 시작한 이래 한마디도 하지 않았던 위전보나, 말을 못하는 소구가 나서서 설명해 줄 수도 없는 노릇이었다.

이런 일에는 말 많은 주찬이 가장 적격이다.

"인견왕(人犬王) 조구완. 그는 백마신궁의 거마였소. 그가 익힌 흑살음영공(黑撒陰影功)은 그 은밀함과 강력한 침투공으로 백마신궁 내에서도 십대마공으로 꼽힐 정도이니 말 다한 셈이지. 하나 인견왕이 무서운 건 다른 이유가 있기 때문이오."

"다른 이유라니요?"

"사람을 개처럼 부리오. 그래서 그의 별호가 인견왕이지."

"그게 무슨……."

주찬의 설명에 송현이 눈을 깜빡였다.

사람을 개처럼 부린다. 흔히 듣는 표현이긴 했다. 하지만 지금 주찬이 말하는 것과는 큰 차이가 있어 보인다.

그 차이가 무엇인지 감히 짐작도 가지 않았다. 선뜻 이해하지 못한 송현은 주찬의 설명을 기다리며 그냥 멀뚱히 그를 바라보는 것뿐이었다.

"독혼흡마공(毒魂吸魔功). 이것 때문이오. 오래전에 강호에 흘러나온 마공인데, 식인과 채공(採功)에 관련된 무공이었소. 쉽게 말하자면 양민을 잡아먹음으로써 부시독을 연성하고, 내가기공을 익힌 무인을 집어삼켜 내력을 취하는 무공이란 말이오."

송현이 눈을 부릅떴다.

"그것이 가능한 일입니까?"

"가능하니 나왔지 않겠소. 하나, 금방 외면받았소. 사람을 잡아먹는 천인공노할 짓거리는 집어치우더라도 채공이란 것이 아무래도 문제가 많았으니까. 본디 내공이란 것이 정순해야 하는데, 아무나 막 잡아먹다 보니 필연적으로 이종(異種)의 진기가 들끓는 것이오. 독혼흡마공엔 그 이종진기를 유화하는 구결이 존재하지 않소."

"이종진기가 들끓으면 어찌 되기에 그런 것입니까?"

"어찌 되기는 주화입마에 빠져 죽거나, 그것도 아니면 폐인이 되어 불구가 되는 것이지 달리 무엇이 있겠소? 사지육신 멀쩡해도 백치가 되거나 광인이 되는 건 피할 수 없을 거요."

"아! 그래서 사라진 것이군요."

송현이 고개를 끄덕였다.

송현은 주찬이 이야기하는 진기가 내공과 같거나 비슷한 의미로 받아들였다. 그리고 그것도 각각의 성질을 지니고 있어 이종의 진기가 한데 모이면 들끓어 주화입마에 빠진다는 것도 알게 되었다.

그렇게 이해하고 나니 독혼흡마공이란 무공이 어째서 사라질 수밖에 없었는지도 이해가 된다.

"그런데 인견왕 그 미친놈이 그 독혼흡마공으로 이상한 짓거리를 벌인 것이오."

"무엇입니까?"

"엄한 사람에게 그것을 익히게 했소. 열 살 남짓의 아이들을 납치해다가 시작한 일이지. 그것도 마성을 억누르기 위해 세분화를 시킨 것이오. 하나는 내력이 없는 양민만 잡아먹게 하고, 또 하나는 내력을 지닌 무인들을 잡아먹게 하는 것이오. 그리고 섭혼술인지 세뇌인지를 걸어버린 거지. 그렇게 양민만 잡아먹은 놈을 독견, 무인만 잡아먹은 놈을 혼견이라 하는 거요. 인견은 까다롭지만, 우리 천권호무대에게는 그리 어려운 상대가 아니오. 하나 혼견과 인견왕이 함께 있다면……. 솔직히 부담스러울 수밖에 없는 상대요."

주찬이 쓴웃음을 머금었다.

천권호무대의 숫자가 일백에 달했을 때에는 인견왕도 그리 무섭지 않았다. 각자 하나하나가 뛰어난 장기를 가진 고수들이었고, 실전경험이 풍부한 백전의 용사들이었으니까.

그에 비하면 지금의 천권호부대의 처지는 너무나 초라하기 그지없었다.

"……."

송현은 입을 굳게 다물었다. 그런 송현의 표정은 무섭게 굳어 있었다.

천륜을 저버리는 독혼흡마공의 연공법도 충격이었지만, 죄없는 어린아이들을 납치해다가 그런 끔찍한 일을 벌인다는 것도 이해하기 어려운 일이다.

'세상에 어떻게 그런 악독한 자가 있단 말인가!'

생각하는 것만으로도 분노가 치민다.

송현의 두 눈에 푸른 귀화가 달아오르기 시작했다.

귓가로 광릉산의 곡조가 들렸다.

"잠깐!"

그때.

내내 말없이 앞장서던 진우군이 소리쳤다.

"아!"

송현의 입에서 단발의 소리와 함께 송현의 눈동자에 머물렀던 귀화도 흔적도 없이 사라진다.

들려오던 광릉산의 곡조도 사라진 지 오래다.

의도한 것인지 알 수 없었지만, 진우군의 고함이 광릉산의 곡조를 끊어버린 것이다.

"여기서 쉰다."

진우군이 말했다.

"여기서 말입니까?"

주찬이 의아하다는 듯 반문했다.

위산촌에서 출발한 지 이제 겨우 한 시진이다. 평소에 그들이 걷던 거리를 생각한다면 그리 많이 걸은 것도 아니었다.

그런데 진우군은 휴식을 명령했다.

출행은 처음인 송현이었지만, 그도 고개를 끄덕이며 주찬의 말에 찬성했다.

"이제 겨우 하루 거리로 따라붙지 않았습니까. 더 이상 피해가 생기기 전에 따라붙어야……."

"괜찮나?"

그러나 송현의 말이 끝나기도 전에 진우군이 오히려 송현에게 물어온다.

"예? 그게 무슨……. 괜찮습니다."

"신발을 벗어봐라."

진우군이 명령했다.

송현은 무의식적으로 진우군의 명령에 따라 신발을 벗었다.

"아!"

송현의 입에서 낮은 탄식이 흘러나왔다.

가죽신을 벗자 송현의 발이 고스란히 모습을 드러낸다.

드러난 발은 붉었다.

'언제 이렇게…….'

며칠 독견의 뒤를 쫓는다고 무리하긴 했다. 걷기도 많이 걸었고, 작은 산도 몇 번이나 넘었다. 노숙하는 일도 허다했고, 심지어는 잠마저 자지 못할 때도 왕왕 있었다.

그 때문인 듯했다.

물집이 잡히고 터지길 반복했다.

노숙할 때면 발에 잡힌 물집을 터뜨리는 것이 일이었다.

"괜찮습니다."

잠시 자신의 발을 살피던 송현이 고개를 저었다.

자신 때문에 천권호무대가 발목을 잡히는 것은 원치 않았다. 더욱이 지금 쫓는 상대는 양민을 향해 이를 드러내는 독견이지 않은가.

시간이 지체될수록 한 사람의 희생자가 더 늘지도 모르는 일이다.

"경신술은? 쓸 줄 모르나 보군."

"예, 무공은 익히지 않았습니다."

"그렇군. 맹에 돌아가면 기본공이라도 익혀라."

진우군은 너무나 간단히 고개를 끄덕이며 납득했다. 그리고 무공을 익히라는 명령을 내린다.

"아니, 풍운조화를 부리고, 쌍소노까지 홀로 잡았다 하지 않았었소? 한데 무공을 익히지 않았다니? 그게 가능한 거요?"

오히려 놀란 건 주찬이었다.

송현이 무공을 익히지 않았다는 이야기를 듣지 못한 바는 아니었지만, 그럼에도 주찬은 은연중에 주찬은 송현이 무공을 익혔으리라 생각하고 있었다.

언젠가 유서린이 이초를 설득해 달라며 송현을 찾아왔을 때 말했다.

무림인들은 자신이 이해할 수 없는 현상을 단 두 가지로 이해하려 한다고. 무공, 아니면 사술.

주찬 또한 그러한 무림인의 범주에서 벗어나지 않는 것이다.

그러는 사이.

"…어떻게 합니까?"

내내 한마디 말도 하지 않았던 위전보가 불쑥 이야기를 꺼낸다.

쇠를 깎아내듯 거친 목소리.

그런 그의 짧은 질문에 모두의 시선이 진우군에게로 집중된다.

말을 많이 하지 않는 위전보였지만, 천권호무대 내에서 부대주라는 자리를 차지하고 있는 그의 비중은 결코 작지 않음을 엿볼 수 있는 모습이었다.

"총군사께선 추적하라 했다."

"맹주부의 명령입니까? 아니, 왜? 대체 무슨 이유로 눈앞에 독견을 두고 추격하라 한단 말입니까? 달리 원하는 것이라도 있단 말입니까?"

주찬이 송현이 무공을 익히지 않았음에 놀랐었던 것도 잊고, 진우군에게 질문을 쏟아붓는다.

그에 반해 유서린은 작게 아미를 찌푸리며 어렵게 입을 열었다.

"맹주께서 알고 있는 결정인가요?"

"그렇다."

담담히 고개를 끄덕이는 진우군.

유서린의 낯빛에 서늘한 서리가 어린다.

"일망타진할 생각이군요. 하긴 독견과 혼견이 일정 거리 이상 인견왕을 벗어나는 경우는 흔치 않다고 했죠. 또한, 피치 못할 사정으로 인견왕과 거리가 멀어지면 독견과 혼견은 본능적으로 인견왕을 좇아 움직인다고도 하죠. 총군사… 아니, 맹주께서는 무슨 이유에서인지 인견왕과 떨어져 버린 독견이 지금 본능에 따라 인견왕이 있는 장소로 복귀하고 있다고 생각하실 거예요."

"아아! 그것도 그렇소. 최근 유독 백마신궁의 무공서들이 사방에 퍼지고 있는 상황이니, 인경왕의 소재를 파악할 수만 있다면 살아남은 백마신궁의 잔존세력도 제압할 수 있을지도 모르겠소."

주찬이 고개를 주억거린다.

중원 전역에서 발견되는 백마신궁의 마공서들.

그로 말미암은 중원의 혼란과 탐욕에 눈먼 무림인들 간의 다툼.

그로 인해 필연적으로 일어나는 피해와 무의미한 희생.

어쩌면 이번 일로 그 모든 문제를 한 번에 해결할 수 있을지도 모른다.

적어도 맹주와 총군사는 그렇게 생각하고 있을 것이다.

앞으로 계속될 큰 희생을 막기 위한 대의.

맹주와 총군사는 그것을 마음에 두고 있다.

"우우우아아!"

소구가 큰 손을 이리저리 휘젓는다. 함께 휘젓는 고개는 부정적인 의미를 가득 담고 있었다.

"저도 반대예요. 추적하는 동안 일어날 희생은요?"

"빙백봉. 소저의 생각이야 내 모르는 바는 아니오만……. 그래도 총군사부에서 내려온 명령인데……. 또한 나름의 명분도 있고."

명령에 반대하는 유서린의 말에, 주찬이 난감한 듯 입을 열었다.

어떻게든 유서린의 생각을 돌리려 하는 기색이 역력했다.

"저는 반대예요."

그러나 유서린의 생각은 단호했다.

이번 명령은 필연적으로 작은 희생을 감내해야 하는 명령이다. 독견은 인견왕을 쫓는 순간에도 양민을 습격했다. 허기를 채우려는 본능적인 행동이다.

총군사부에서 내려온 명령을 따르자면 그것을 두 손 놓고 모른 척해야 한다.

그럴 수는 없었다.

대의를 위한다는 명분이 있었으나, 그렇다고 눈앞의 희생은 외면할 수는 없었다.

명령을 따를 수밖에 없다는 측과 명령을 따를 수 없다는 측의 의견으로 나누어졌다.

그러나 진우군의 표정은 여전히 무심하기만 하다.

"명령이다."

짧은 한마디.

"대주님!"

"우어!!"

동시에 유서린과 소구의 반발이 울린다.

하지만 진우군은 그마저도 개의치 않는 표정이다.

"명령이다. 의견이나 감정 따위로 바꿀 수 있는 문제가 아니다."

단호한 유서린 만큼이나, 단호한 진우군이다.

그 단호한 진우군의 대답에 유서린은 얼굴만 차갑게 굳은 채 입을 꾹 다물어 버렸다.

"그동안 희생당할지도 모를 양민들의 희생은 어찌합니까! 죄도 없이 희생되어야 할 그들의 목숨이! 명령이란 말 한마디로 넘어갈 수 있을 만큼 하찮은 것이었습니까?"

오히려 반발한 것은 송현이다.

스윽.

송현의 외침에 진우군의 고개가 천천히 송현에게로 향한다.

무심한 표정. 덤덤한 눈동자.

이유 없이 사람을 위축되게 만드는 힘을 가지고 있었다.

그러나 송현은 이번엔 물러서지 않았다.

두 눈에 힘을 주고 진우군의 무심한 두 눈을 직시했다.

묘한 긴장감이 두 사이를 오갔다.

"항명하겠다는 건가?"

"사람의 목숨이 명령 하나에 오갈 만큼 간단한 것은 아니지 않습니까."

"오간다! 명령 하나에. 그렇기에 명령이다. 우리는 맹주의 명령 하나에 사지로 뛰어든다. 그것이 천권호무대다."

"그건 우리 스스로 각오한 일이지 않습니까! 그것과 이것은 다릅니다! 혈견이란 이들이 인견왕을 쫓는 동안 잃을 목숨은 양민의 목숨이지요. 그들은 전혀 각오하지 않았습니다. 아니, 왜 목숨을 잃어야 하는지조차 모르는 이들이지 않습니까!"

"반대로 더 많은 사람을 살리는 명령이다."

"그 때문에 죽은 사람들에겐 그것이 무슨 의미인지 모르겠군요!"

송현과 진우군이 팽팽하게 대립한다.

그 서슬에 다른 대원들은 더 이상 입도 열지 못한 채 이 상황을 지켜볼 수가 없었다.

유서린을 제외한다면 누구도 송현이 이처럼 고집을 부리는 것을 본 적이 없기 때문이다. 그저 유약한 성격의 악사라 여겼던 송현의 반발이었기에 더욱 충격이 큰 것인지도 모른다.

송현은 입술을 악물었다.

'결코 물러서서는 안 돼!'

대의(大義)의 명령이다. 하지만 그 대의는 소의의 희생을 강요하는 명령이다.

그리고 진우군은 명령이기에 그것을 따라야 한다고 이야기하고 있다.

송현으로서는 결코 납득하기 어려운 일이었다.

어쩌면 불과 몇 해 전 힘없는 양민이었기에 더욱 그러한지도 몰랐다.

무인답다 생각했던 진우군의 모습이 낯설다.

이상한 괴리감과 함께 거부감이 느껴진다.

그때였다.

"음!"

송현의 입에서 낮은 신음이 흘러나왔다. 표정 또한 급하게 굳고 있었다.

"무슨 일이오? 몸에 어디 불편한 점이라도 있으시오?"

그런 송현의 낯빛 변화를 가장 먼저 알아차린 것은 주찬이다.

아니, 어쩌면 주찬은 지금의 이 불편한 분위기를 바꿀 계기를 찾은 것인지도 몰랐다.

"아닙니다."

송현은 고개를 젓는다.

그리고 진우군을 향해 시선을 돌렸다.

"누군가 이쪽으로 오고 있습니다. 사람도, 짐승도 아닙니다. 아직 거리가 제법 되지만……. 움직이는 방향으로 보면 이쪽이 확실해요."

송현이 말했다.

"그게 무슨 소리요. 나는 아무것도 안 느껴지는데?"

주찬이 이상하다는 듯 송현을 바라본다.

말은 않았지만, 천권호무대 대원 대부분이 그와 같은 생각인지 멀뚱히 송현을 바라보고 있는 것은 마찬가지였다.

그도 그럴 것이 그들은 무림인이다.

기감이 발달하고, 오감이 발달했다.

멀리서 들려오는 기척을 느끼는 데에 무림인만큼 능수능란한 이들도 흔치 않았다.

그런 그들이 느끼지 못한 것을 송현이 먼저 느끼고 있다고 하니 그들로서는 쉽게 믿기가 어려운 것이다.

그나마 유서린만이 작게 고개를 끄덕이고 있는 정도다.

"어떻게 알았지?"

진우군이 물었다.

그의 목소리는 여전히 무덤덤하다.

조금 전까지 송현과 대립각을 세웠었다는 사실 따위는 전혀 마음에 담고 있지 않은 듯 보였다.

"소리가 들렸습니다. 짐승의 소리라 하기에는 이질감이 많고, 사람의 소리라 하기에는 은밀합니다."

"다른 특이점은?"

"둥글게 포위한 채로 올라오고 있습니다. 숫자는 대략 열 정도로 보입니다. 그리고……."

"그리고?"

"개중 둘에게서 나는 소리가 조금 다릅니다. 더 은밀하고, 움직임이 빠릅니다."

송현은 자신의 귀로 전해지는 소리를 자세히 설명했다.

천권호무대는 무림인들로 구성되어 있다. 풍운조화를 다루고, 광릉산의 곡조로 극양과 극음의 기운을 다루는 송현이지만 그들과 함께 움직이기에는 한계가 있다.

힘의 강약의 차이가 아닌, 그 활용과 운용에서 오는 차이이다.

기본적인 신체의 차이도 무시할 수 없다.

그래서 송현은 내내 귀를 활짝 열어두었다. 휴식을 명하는 진우군의 결정에도 귀를 닫지 않은 것은, 그것이 송현이 할 수 있는 최선의 조력임을 알기 때문이다.

그리고 소리를 들었다.

"그렇군."

진우군은 무표정한 얼굴로 고개를 끄덕였다.

"사냥당하고 있다. 대비하라."

"사냥이라면? 독견만이 아닌, 혼견도 있단 말씀이십니까? 아까 송 악사가 들었다는 둘의 소리가……."

주찬이 진우군에게 질문했다.

사냥.

독견과 혼견은 다르다.

혼견 하나는 크게 열의 독견을 지휘할 수 있다. 순전히 본능에 의지하는 독견과 달리, 혼견은 늑대와 비슷한 지능을 가지고 있다.

또한, 독견과 달리 혼견은 내가기공을 익힌 무림인만을 식량으로 삼는다.

독견으로 무인을 유인한 이후 혼견이 덮친다.

강호에 흔히 알려진 혼견의 사냥 방법이다.

"확실치 않다. 대비하는 것뿐이다."

"……."

진우군의 결정에도 천권호무대의 표정은 그리 밝지 않았다.

혼견과 함께하는 독견.

부시독을 뿜는 독견을 상대하기도 까다로웠지만, 혼견이 더해지면 싸움은 더욱 어려워진다.

수적인 열세를 가진 상황에서라면 더욱 그랬다.

더욱이 독견과 혼견이 있다 하면 인견왕 또한 인근에 자리하고 있을지도 모른다.

천권호무대 중 그것을 모르는 이는 아무도 없다.

진우군의 물음이 송현을 향했다.

"혼견 하나의 무력은 쌍소노에 미치지 못한다. 제압할 수 있나?"

"그렇다면… 아마도 가능할 테지요."

"가정은 필요 없다. 할 수 있나?"

진우군은 송현의 가정을 허락하지 않았다.

조금의 불확실함도 용납할 수 없다는 의지가 진우군의 어조에서 선명히 드러났다.

송현은 고개를 끄덕였다.

"할 수 있습니다."

"좋아. 나와 송현이 혼견을 각각 담당한다. 나머지는 독견을 맡는다. 위전보 네가 지휘하여라."

"…알겠습니다."

"대주님!"

"그래도 처, 처음인데 괜찮겠습니까? 송 악사 괜찮겠소?"

위전보 짧은 침묵 끝에 고개를 숙였고, 유서린은 반발한다. 주찬은 걱정했고, 소구는 큰 눈을 끔뻑이며 돌아가는 상황을 시켜본다.

진우군은 한마디 말로 유서린의 반발과 주찬의 걱정을 일축했다.

"명령이다."

"……."

그것으로 끝이다.

주찬은 물론 유서린조차 어떤 말도 꺼내지 않았다.

"대형을 갖춰라."

진우군의 명령에 천권호무대가 일사불란하게 자신의 자리를 찾아간다.

미리 합을 맞추어 본 적이 없는 송현만이 덩그러니 서서 다가오는 위협을 대비하고 있었다.

은근한 긴장감에 입안에 침이 마른다.

'이제 진짜 싸워야 해.'

무림의 싸움을 처음 겪어보는 것은 아니다.

청령단과 단호영을 상대했었다. 쌍소노도 굴복시켰다.

하지만 지금과 같지는 않았다.

그때는 선택지가 없는, 어쩔 수 없는 싸움이었다. 하지만 지금은 선택지가 있었다. 진우군이 그 선택지를 주었고, 송현은 그 선택지 속에서 혼견과의 싸움을 선택했다.

자신이 선택한 싸움.

'절대 짐이 될 수는 없어!'

그것은 은연중에 천권호무대의 짐이 되고 있던 자신의 처지를 바꾸기 위한 결정이었다.

송현이 마음을 다잡는 사이.

[죽여! 전부!]

소리가 아닌 다른 무언가가 목소리가 되어 귓가를 파고들었다.

쇠를 깎는 듯 거친 목소리.

송현의 고개가 저도 모르게 위전보를 찾아 고개를 돌렸다.

위전보가 송현을 바라보고 있다.

끄덕.

아주 짧은 순간이었지만 위전보의 고개는 분명 위아래로 작게 끄덕여졌다.

그리고는 아무 일 없었다는 듯 고개를 돌려 버린다.

그사이.

소리가 빠르게 가까워져 왔다.

제4장
무른 검(劒)

樂武林

염려대로 사방을 포위하고 달려드는 이들은 독견과 혼견이었다.

미리 대비하고 있었던 천권호무대는 빠르게 자신의 역할을 담당하며 독견과 혼견에 맞섰다.

천권호무대는 하나의 무력단체로 묶여 있었지만, 그 대원들의 장기는 제각각이다.

유서린은 체계적이다. 상대의 공격에 대한 방비를 단단히 하면서도, 그녀가 뿌리는 검격은 언제나 날카롭고 서늘할 정도로 예리하다.

스확!

유서린의 검이 싸늘한 은빛 검광을 발하는 순간, 달려들던 독견의 검게 썩은 살이 쩍 하고 갈라졌다.

독견의 무서움이 비단 독만이 아니었는지 뼈를 갈라버릴 일격에도 고작 피륙만 상할 뿐이었다.

그러나 유서린은 그 속에서 차근차근 자신의 승기를 확보해 나가고 있었다.

"우어어어!"

그에 반해 소구는 저돌적이었다.

소구의 등에 멘 방패는 그의 몸을 보호하기 위함이 아니었던 듯했다.

달려오는 독견을 향해 마주 몸을 달려나간다.

거구에서 뿜어져 나오는 가공할 만한 힘으로 방패를 찍어 눌렀다.

쾅!

커다란 소리와 함께 독견이 비칠거리며 물러서고, 그사이 소구는 또 다른 독견의 몸을 큰 주먹으로 두드렸다.

방어를 도외시한 난타전이었다.

그 과정에서 소구의 거구는 독견의 공격을 고스란히 받아내었다. 부시독으로 검게 물들인 독견의 손톱은 능히 강검에 비견될 만했지만, 소구의 몸에는 겨우 스친 생체기만 날 정도였다.

철열사강포(鐵熱砂强暴).

소구가 익힌 외문기공이다.

쇳가루와 불로 뜨겁게 달군 모래를 통하여 신체를 단련하는 극한의 외문기공으로 대성하면 육골(肉骨)의 강도가 능히 금강석(金剛石)에 비견될 만하고, 내가중수법(內家重手法)에도 쉽게 파훼되는 법이 없다고 한다.

소구가 이처럼 저돌적인 공격을 감행할 수 있는 것 또한 철열사강포의 공능이 있기에 가능한 일이었다.

어찌 되었든 한 마리 성난 곰처럼 날뛰는 소구의 움직임 덕분에 다른 대원들의 운신이 한결 수월해진 것은 사실이었다.

다수의 독견들의 흉성이 소구를 향했다.

"크르륵!"

하나둘 누런 이를 들이밀며 소구를 향해 몸을 던진다. 커다란 소구의 몸이 달라붙은 독견들로 인해 가려졌다.

그때였다.

"으으어어어어!"

또다시 광성(狂聲)을 내지르는 소구다.

일순 공기가 바뀐다.

소구의 몸에 달라붙었던 독견들이 튕겨져 나갔다가 다시 소구를 향해 달려든다.

드러난 소구의 모습은 평소와는 너무나 달랐다.

하얗게 드러난 흰자위.

으르렁거리듯 드러내는 송곳니.

마치 독견의 모습과 매우 유사한 모습이다.

그가 주먹을 내지를 때마다 바닥이 움푹 팼고, 그가 발길질할 때마다 독견이 저 멀리 날아갔다.

마구잡이로 휘두르는 커다란 방패에 맞은 독견의 머리가 푹 하고 어깨 아래로 꺼졌다.

그런 소구와 소구를 향해 달려들고 또 내팽개쳐지는 독견의 모습이 마치 어른과 어린아이들의 모습과도 닮아 있었다.

"부대주! 저놈 또 미쳤소!"

쉭! 쉭!

그런 소구의 모습에 주찬이 위전보를 향해 소리를 질렀다.

그러면서도 소매에서는 빠르게 비도를 꺼내어 달려드는 독견을 저지하며 훌쩍 몸을 뒤로 뺀다.

"엄호!"

"젠장! 알겠소!"

위전보의 명령에 주찬이 인상을 찌푸리면서도 곧장 반응했다.

소구를 향해 몸을 날린다.

그렇게 되니 주찬을 쫓던 독견 하나도 소구의 흉성에 이끌려 주찬을 놓쳐 버렸다.

난투전이 되어버린 소구와 혈견들의 싸움 속에서 주찬의 존재감이 희미해진다.

잠시만 눈을 떼어버리면 어디로 갔는지 알 수 없게 되어버린다.

이상한 일이다.

"크와악!"

그러다 혈견 하나가 소구의 목을 향해 뛰어들었다.

스확!

그 순간 은빛 검광이 빛난다.

어느새 소구의 목을 물어뜯기 위해 달려들던 혈견의 뒤에는 주찬이 자리하고 있었다.

차갑게 빛나는 눈빛.

그리고 어느 순간 존재감이 사라져 버린다.

소구의 흉성에 이끌린 또 다른 독견을 노리기 위함이었다.

그런 주찬의 전투 방식은 무공과 무공을 겨루는 보통의 무림인들과는 달랐다.

오히려 어둠 속에 은신했다가 단 한 순간에 목숨을 취하는 살수의 방식을 닮아 있었다.

파파파팟!

그에 반해 위전보의 검은 빠르고 가볍다.

허리에 찬 두 자루의 검 중 폭이 얇은 세검을 뽑아 든 위전보의 검초는 마치 휘몰아치는 폭풍처럼 정신없이 상대를 몰아쳤다.

혈견의 그 단단한 몸도 이미 여기저기 찢겨 넝마나 다름없는 신세가 되었다.

또한, 이미 그의 손에 숨이 끊어진 혈견도 벌써 둘씩이나 된다.

천권호무대의 부대주라는 직함에 어울릴 만큼 위전보의 무력은 돋보였다.

그럼에도 이상한 것은, 허리에 찬 두 자루의 검 중 검신의 폭이 넓은 검은 절대로 꺼내는 법이 없다는 점이다.

풍파이검이라는 그의 별호처럼 두 개의 검을 쓰는 모습은 전혀 찾아볼 수 없다.

스화악!

그런 위전보의 어깨너머로 거도를 휘두르고 있는 진우군의 모습이 보였다.

혼견은 독견과는 전혀 달랐다.

겉모습만 놓고 보면 평범한 사람이라 보아도 믿을 수 있을 정도다.

그에 반해 가진 바 무력은 홀로 독견 다섯을 상대해도 모자람이 없을 정도다.

빠르다. 몸은 단단해 도검으로도 상처가 생기지 않는다. 본능에 의지해 마구잡이로 휘두르는 손엔 검은 수투가 채워져 있었는데, 그 안엔 내력이 가득 담겨 있어 수투에 닿지 않았음에도 상처가 자리 잡는다.

닥치는 대로 흡수한 혼견의 내공은 그가 숨을 쉴 때마다 사방으로 뻗어 나와 무인의 내력을 흩뜨려 놓는다.

진우군은 그런 혼견을 상대하고 있었다.

아니, 압도하고 있었다.

진우군의 거도가 혼견의 오금을 벤다.

퍽!

단단한 육골은 거도에 베였음에도 상처 하나 없다.

상관없다.

거도에 오금을 격타당한 혼견의 무릎이 굽혀지는 것만으로도 충분했다.

퍽!

다시 돌린 거도가 어깨를 내려쳤다.

굽혀진 무릎에 반사적으로 튀어 오르려던 혼견의 움직임과 맞물려 더욱더 묵직한 충격을 전해준다.

신형이 흔들리고 중심이 어지러워진다.

다시 진우군의 거도가 이번엔 머리를 노렸다.

쾅!

커다란 소리와 함께 혼견의 머리가 바닥에 크게 박혔다가 쑥 뽑혀져 나온다.

발작적으로 튀어나오는 혼견의 반격.

카캉!

그러나 진우군은 도면으로 혼견의 공격을 간단히 막아버렸다. 그리고 진우군의 공격이 계속된다.

혼견은 빠르고, 강했다.

하지만 진운군은 그보다 조금 더 빨랐고, 강했다.

일격에 혼견을 무너뜨리는 호쾌함은 없었지만, 진우군과 혼견의 전투는 누가 강자인지를 확실히 보여주고 있었다.

그러는 사이.

독견과 혼견, 그리고 천권호무대의 싸움도 슬슬 마무리되어 가고 있었다.

그리고 송현은.

"크르르륵!"

눈앞에 타오르는 붉은 불꽃에 혼견이 누런 이를 드러내며 으르렁거린다.

그러나 그 모습이 초라하다.

가뜩이나 왜소한 체구에 어깨를 한껏 움츠린 모습은 비루먹은 강아지 마냥 볼품없는 모습이다.

싸움하기보다는 피하려는 모습이다.

저벅.

불꽃에 휩싸인 송현이 한 걸음 앞으로 다가섰다.

치익! 치익!

송현의 손엔 장검이 들려 있었다. 화염에 붉게 달아오른 장검은 그 열기를 이기지 못하고 벌써부터 쇳물이 뚝뚝 떨어진다.

어쩌면 당연한 일이다.

지금 송현의 손에 들린 장검은 맹을 나서기 전 외맹현 대장간에서 은자 한 냥을 주고 산 장검이다. 냉기를 품은 유서린의 검마저 녹아내리게 하였던 송현의 열기를 저자의 한낱 한 냥짜리 장검이 버티길 바라는 것은 어불성설이다.

"크왕!"

송현이 다가서는 만큼 몸을 움츠리며 물러서던 혼견이 짐승처럼 소리 지르며 달려들었다.

'왼쪽, 그리고 오른쪽 위.'

빠르게 튀어오는 혼견의 공격을 송현은 이미 예측하고 있었다.

혼견의 으르렁거림.

그리고 혼견이 움직일 때마다 흘러나오는 소리.

그 속에서 가락을 읽었다.

놀랍게도 송현은 마성에 물들었던 뱃전에서와 달리 이성의 끈을 유지하고 있었다.

광릉산의 곡조가 들린다.

그 속에 담긴 분노가 송현의 이성을 뜨겁게 달아오르게 한다.

금방이라도 이성의 끈을 놓아버릴 것 같다.

하지만 송현은 끝끝내 이성의 끈을 붙잡고 있었다.

사실, 오늘 송현이 보인 신위는 지난날 쌍소노를 굴복시켰던 것에 비하면 조족지혈에 불과했다.

불꽃을 피워냈지만, 천지를 얼어붙게 하지는 않았다.

두 눈에 귀화는 피워 올렸지만, 스스로 화마가 되지는 못했다.

그때는 온전히 분노에 취해 힘을 토해냈다면, 지금은 이성의 끈을 붙잡기 위해 그 힘을 감(減)한 것이다.

힘을 줄인 대신 이성을 취했다.

그러나 그것이면 충분했다.

"끝냅시다."

빠르지도 않은 움직임으로 혼견의 공격을 피해내던 송현이 낮게 말했다.

파파파팍!

송현의 말소리에 맞춰 바닥에 채이던 돌멩이들이 스스로 일어나 암기처럼 혼견의 몸을 때렸다.

"하악!"

혼견이 털을 잔뜩 세운 고양이처럼 소리를 냈다.

강철에도 베이지 않는 몸뚱이에 기껏 돌멩이 몇 개 맞았다고 아프지는 않을 것이다.

다만 혼견은 위험을 느낀 것뿐이다.

화륵!

그리고 그 위험이 실체가 되어서 움직인다.

붉게 달아오른 송현의 검이 혼견의 몸을 때렸다.

화기(火氣)에 녹아내리고 있는 검이니 혼견의 몸을 베기를 바라는 것은 욕심이리라. 하나 오히려 그래서 더욱 위력적이었다.

치이익!

고기 타는 냄새와 함께 혼견이 혼비백산하며 물러선다.

"하악!"

혼견은 또다시 경계가 가득한 고양이 울음소리를 낸다.

그런 혼견의 가슴은 검게 그을린 채였다. 타고 녹은 살이 흘러내린다.

끔찍한 장면이다.

그러나 송현은 손안에 사정을 두지 않았다.

연거푸 검을 휘두른다.

빠르지도 않은 검초다. 그렇다고 강한 힘이 실린 것도 아니다. 하다못해 검을 쥐는 파지법조차 형편없는 엉터리다.

혼견의 빠른 몸놀림을 생각한다면 그것은 거북이가 토끼의 꼬리를 잡는 것만큼이나 말도 안 되는 일이었다.

그런데 이상했다.

아무렇게나 휘두르는 것 같은 그 느린 검에, 혼견이 자꾸만 맞는다.

살이 타서 녹아내리고 고통에 온 얼굴이 일그러졌음에도, 혼견은 송현의 검을 피하지 못했다. 아니, 모르는 사람의 눈엔 오히려 혼견이 아무렇게 휘두르는 송현의 검에 스스로 몸을 내던져 맞추는 듯 보일 정도다.

이 또한 가락 때문이다.

혼견이 어디로 어떻게 움직일지를 알기에 가능한 일이다.

계속해서 적중되는 송현의 검에 혼견은 이미 만신창이가 되어버린 지 오래다.

흉포했던 기세도 희미해지고, 어떻게든 송현을 향해 달려들던 모습도 더 이상 찾아볼 수 없었다. 이제는 피하는 것조차 포기한 채 그저 온몸을 둥글게 말고 고통을 줄이는 것이 최선이다.

그나마 간간이 고개만 빠끔히 들어 송현을 올려다보는 것이 혼견이 할 수 있는 전부가 되었다.

'이제 끝내야겠지.'

승패가 결정되었다.

이제 그 결정된 승패에 확실한 종지부만 찍으면 된다.

송현은 검을 높게 들어 올렸다.

이를 악물고 높이 치켜들어 올렸던 검을 내려친다.

정확히 혼견의 머리 위다.

억눌렀던 광릉산의 곡조도 지금 이 순간만큼은 잠시 풀어버렸다.

그 힘이라면.

혼견의 목숨도 끝을 낼 수 있으리라.

그렇게 느껴졌다. 그리고 그 느낌이 틀릴 것 같지는 않았다.

하지만!

"크르르륵!"

검은, 가늘게 으르렁거리는 혼견의 머리 한 치 위에 멈추어 설 수밖에 없었다.

"아!"

송현의 입에서 낮은 탄식이 흘러나왔다.

타올랐던 불꽃은 어느새 사라졌고, 광릉산보의 곡조에 이제는 분노가 담기지 않았다.

'아직 너무 어리구나!'

싸울 때는 몰랐다.

그러나 막상 목숨을 끝내려 하는 순간에야 보였다.

작고 왜소한 체구의.

자세히 보니 여기저기 앳된 티가 남아 있다. 넝마로 가린 아랫도리엔 털도 나지 않았다. 고작 십대 중반을 넘지 못할 나이다.

그것을 깨닫는 순간 찰나의 망설임이 생겨 버렸다.

그리고 생각이 찾아들었다.

'결국 이 아이도 피해자인데…….'

아이가 원해서 혼견이 된 것은 아님을 안다. 주찬을 통해 이미 듣지 않았던가.

어린 나이에 납치돼 어쩔 수 없는 환경 속에서 인견왕의 목적에 의해 혼견이 된 아이다.

그 생각이 광릉산의 곡조를 깨뜨려 버렸다.

[죽여. 전부.]

위전보가 했던 말이 떠올랐다.

무림인들만 할 수 있는 전음이란 것을 통해 그 말을 전해주었을 것이다.

위전보 또한 송현과 같은 생각이다.

그렇기에 전부 죽이라 한 것이다. 지금 여기서 혼견을 살려둔다면 대주는 혼견을 풀어줄 것이다. 그리고 인견왕을 향해 도망치는 혼견의 뒤를 쫓을 것이 자명했다.

또한 그 과정에서 혼견에 의해 목숨을 잃는 이들도 생길 것이다.

송현도 안다.

'아는데…….'

더 이상의 죄 없는 희생을 막으려면 눈앞의 혼견을 죽여야

한다.

송현의 복잡한 눈이 겁먹은 혼견의 눈과 마주쳤다.

흉성과 광기로 가득 찬 눈.

그러나 그 속에 숨겨진 맑은 일면이 보인다.

인견왕이 아니었다면, 평범한 가정에서 평범한 아이로 자라왔을 아이다.

으득!

송현은 이를 악물었다.

눈을 감고 다시금 광릉산의 곡조를 부르고, 그 속에 분노를 담았다.

뜨겁게 타오르는 불길.

다시 높게 치켜든 검.

송현은 검을 내려쳤다.

"어, 엄마……."

그 순간 혼견의 입에서 아이의 목소리가 흘러나왔다.

두 눈에 가득했던 흉성은 어느새 사라지고 아이의 맑은 눈이 되어 있었다.

치이이익!

하지만 화기를 이기지 못한 검신은 이미 한 줌의 쇳물로 화해 바닥에 떨어질 뿐이다.

검신이 없이 손잡이만 남은 검.

더는 그 효용은 존재하지 않았다.

송현은 털 듯 그것을 한쪽에 집어 던져 버렸다.

검신 또한 붉게 달아올라 있었을 텐데, 검을 버리는 송현의 손은 어디 하나 데인 데 없이 말끔하다.

검을 버린 송현은 오들오들 몸을 떠는 혼견을, 아니, 아이를 안아주었다.

떨리는 어깨가 너무나 가엽기만 하다.

토닥토닥.

"괜찮아. 이제 괜찮으니까 걱정하지 않아도 돼."

등을 두드려 주는 송현의 손길. 그리고 차분한 송현의 목소리.

아이의 떨림이 멎었다.

그제야 송현은 쓴웃음을 머금으며 돌아섰다.

'나는 결국 죽이지 못했구나.'

죽이고자 단단히 마음먹었음에도 차마 죽일 수 없었다.

무림인이 아니기에 그럴 수도 있었다.

목숨의 귀함을 알기에 그럴 수도 있었다.

아니다. 모두 핑계다.

그저 죽일 수 없었을 뿐이다.

연민이 들었으니 마음에 살심이 날을 세울 수는 없는 법이다.

송현이 돌아서 스스로 자책하던 그때.

"카학!"

혼견이 송현의 목덜미를 물어뜯고자 달려들었다.

입을 한껏 벌린 혼견의 두 눈엔 사라졌던 흉성이 되살아나 있다.
"소, 송 악사!"
"송 악사님!"
그 모습을 본 주찬과 유서린이 소리쳤다.
찰칵!
하지만 그보다 먼저 움직인 사람이 있었다.
콰각!
거친 소리와 함께 일순 검은 검광이 허공에 길게 늘어졌다 사라졌다.
툭!
뒤이어 무언가 바닥에 떨어져 구른다.
혼견의 머리다.
누런 이를 드러낸 혼견의 모습은 죽는 순간까지 자신에게 무슨 일이 있었는지 알아차리지 못한 모습이었다.
모두의 시선이 한쪽으로 향한다.
그곳에 위전보가 있었다.
얼굴 가득 식은땀이 가득 흘러내린다. 거친 숨을 몰아쉬는 통에 어깨는 쉴 틈 없이 크게 위아래로 흔들렸다.
힘겨워 보인다.
그런 그의 손에 단 한 번도 뽑지 않았던 폭넓은 검이 묵빛 검신을 드러내며 들려져 있었다.
"위전보."
진우군이 그런 위전보의 이름을 부른다.

위전보는 송현을 노려보는 것인지, 아니면 자신이 베어버린 혼견을 노려보는 것인지 모를 시선을 거두지 않은 채 대답했다.

"위험했었습니다."

송현이 위험했었음을 굳이 이야기하지 않아도 알 수 있었다.

"…잘했다."

살려두어야 할 혼견을 베었으니 명을 어긴 것이 분명하건만, 진우군은 오히려 위전보를 치하했다.

그리고 고개를 돌려 송현을 바라보았다.

긴장이 가신 탓인지, 아니면 위험한 일을 당할 뻔했던 탓인지 송현은 연신 거친 숨을 몰아쉬고 있었다.

낯빛은 핏기 하나 없이 창백하다.

진우군은 무심한 눈으로 송현을 평했다.

"무르군."

그렇게 천권호무대에서의 첫 번째 임무가 일단락되었다.

* * *

한 달이란 시간이 흘렀다.

볕이 한층 강하게 내리쬐기 시작했다.

한 달은 짧은 시간이다. 아니, 누군가에게는 긴 시간일지도 모른다.

하지만 송현에게는 그 한 달이란 시간은 덧없는 시간이었다.

저벅. 저벅. 저벅.

송현의 발걸음은 빨랐다.

"어? 악사 아저씨, 안녕하세요!"

천진각 어린아이의 인사도,

"송 악사? 무슨 일 있소? 어딜 그리 급히 가는 것이오?"

평소와 다른 모습에 걱정을 내비치는 주찬의 물음도 송현의 귀에는 들리지 않았다.

빠른 걸음으로 어딘가를 향한다.

천권호무대 연무장 뒤편에 자리한 숲을 향하는 발걸음이었다.

우거진 나무들이 내뻗은 가지와 거기서 돋은 푸른 잎들이 하늘을 가린다. 바람이 불어올 때면 흔들거리는 나뭇잎 사이로 밝은 별이 쪼개어져 내려왔다.

그 숲 한쪽에 사내가 서 있었다.

거구의 사내.

등 뒤에는 제 키만큼 큰 거도를 비껴 메고 있었다.

호무대주 진우군이다.

진우군을 발견한 송현의 발걸음은 오히려 더욱 빨라졌다.

그리고 그의 뒤에 섰을 때.

송현이 소리쳤다.

"대체 이유가 무엇입니까! 무슨 이유로 저는 계속 임무에서 제외되고 있는 것입니까!"

한 달이란 시간.

천권호무대는 총 세 번의 임무를 다시 맡았다. 천권호무대 전원이 임무에 투입되는 때도 있었고, 몇몇 대원만 투입되는 때도 있었다.

그러나 그 세 번의 임무 중 송현은 없었다.

독견과 혼견을 잡은 이후 송현은 줄곧 임무에서 제외되고 있었다.

"그때 항명했기 때문입니까? 아니면 무엇 때문입니까? 저는 제가 임무에서 제외되어야 할 이유를 납득할 수 없습니다!"

송현이 거듭 진우군을 몰아친다.

무림을 겪고자 했다. 인간의 오욕칠정이 격렬하게 부딪치는 무림 속에서 광릉산의 남은 비밀을 깨닫고, 음악의 끝을 밟고자 했다.

그리하여 다시 이초에게 돌아가, 음의 끝에 무엇이 있는지를 들려주고자 했다.

한편으로는 그때가 되면 더는 무림맹에 머물지 않아도, 송현 스스로 이초를 지킬 수 있지 않을까 기대도 하고 있었다.

하지만 오욕칠정은커녕 지난 한 달간 임무에도 투입되지 못하고 있는 실정이다.

아니, 천권호무대 속에서 송현은 물 위에 뜬 기름처럼 겉돌고 있음을 느끼고 있었다.

"……."

가만히 바람결에 흔들리는 나뭇잎을 헤아리던 진우군이 고개를 돌려 송현을 바라본다.

무덤덤한 눈동자.

예의 어떤 감정의 기복도 느껴지지 않는 그 눈동자를 마주하자 묵직한 무게감이 전해진다.

진우군은 한참을 가만히 송현을 바라보다 입을 열었다.

"무르기 때문이다."

"……."

순간 송현은 목이 턱 하고 막혀 버렸다.

사실이다. 송현은 자신의 첫 임무에서 혼견을 죽이지 못했었다.

진우군의 말처럼 송현은 무르다.

그것은 부정할 수 없는 사실이었다.

"하지만 그것만으로는 받아들이기 어렵습니다."

"받아들이기 어렵다?"

"예! 저는 무를지도 모르지요. 아니, 무릅니다. 하지만 분명 도움이 될 만한 능력은 지니고 있습니다. 제가 가진 힘은……!"

피식!

진우군은 비틀린 웃음 하나로 송현의 말을 가로막았다.

늘 무표정했던 진우군이기에, 그의 웃음은 더욱 도드라져 보였다.

진우군은 송현과 마주한 시선을 거두지 않고 말했다.

"그 또한 무르지."

"……!"

송현의 인상이 무겁게 굳었다.

풍운조화를 부리고, 쌍소노를 제압했다. 혼견 또한 송현의 힘 앞에서는 속절없이 굴복했다. 어디 그뿐인가. 힘을 발하지 않는다 하더라도, 송현의 발달된 청각은 천권호무대의 누구도 알아차리지 못한 적들의 접근을 알아차렸을 정도다.

그것들은 결코 무르지 않다.

필경 송현에겐 모자람이 있으나, 송현의 힘은 무르거나 모자라다 평가받을 만한 것은 아니었다.

"납득하지 못하는군. 검을 들어라."

굳은 송현의 표정을 마주한 진우군이 명했다.

스릉!

그리고 스스로 먼저 등 뒤에 비껴 멘 거도를 뽑아냈다.

거도를 길게 늘어뜨린 채 서 있는 진우군의 자세는 그가 무엇을 하고자 하는지 확실히 드러내고 있었다.

송현의 힘이 무르다는 것을 그가 증명해 보이겠다는 의미이다.

그리고 그것은 무림인들이 말하는 비무가 될 것이다.

"좋습니다!"

송현도 지지 않았다.

굳은 표정으로 검을 뽑아 든다.

외맹현 저자에서 다시 장만한 검이었지만, 임무에 투입되지 못한 탓에 지금껏 단 한 번도 뽑아본 일이 없었던 검이기도 했다.

화륵!

검을 뽑고, 마음에 분노를 담았다.

그 분노를 광릉산의 곡조에 옮기니 불꽃이 일어난다.

두 눈에 푸른 귀화가 타오르고, 전신엔 붉은 불꽃이 넘실거린다.

마치 신화에서나 나오는 모습처럼.

송현의 모습은 그저 보는 것만으로도 위압감을 느끼게 하기에 충분한 모습이다.

"와라."

그러나 그 모습마저 진우군에겐 별다른 감흥을 전해주지 못한 듯했다.

송현이 먼저 움직였다.

송현의 눈은 진우군에게 고정되어 있었다.

'좌로 한 번, 우로 두 번. 위에서 한 번. 아래에서 세 번. 그리고 좌상에서 좌하.'

나아가는 송현의 머릿속엔 계산이 가득했다.

진우군의 가락은 이미 몇 번이나 들었던 것이다. 이제는 익숙한 가락이다.

진우군의 가락을 알기에 그를 공략할 방법도 알고 있다.

송현의 검이 움직인다.

그 순간.

저벅.

진우군이 성큼 앞으로 걸음을 내디뎠다.

동시에 그의 거도가 아래에서 위로 솟구치듯 치솟아 올랐다.

그 순간 진우군의 모습은 사라지고, 송현의 눈앞엔 진우군의 거도만 온전히 자리 잡았다.

'어찌!'

그리고 송현이 눈을 부릅떴다.

'가락이 끊겨 나가고 있어.'

깔끔하게 잘려 나간다. 진우군의 가락도, 송현이 진우군의 가락에 맞추어 만들어냈던 가락도 모두 예리하게 끊어져 나갔다.

쾅!

미처 무엇을 해보기도 전이었다.

송현은 갑자기 세상이 깜깜해져 감을 느꼈다.

얼마나 시간이 지났을까.

그것은 송현도 알지 못했다.

다만 송현의 눈에 다시 세상이 보였을 때에는 송현은 누워 있었다.

두 팔을 넓게 펼친 채 누워 있는 송현의 눈에 가장 처음 보인 것은 거도의 서늘한 날빛이었다.

그리고 그 거도의 끝에 진우군이 서 있었다.

무심한 눈동자가 서늘하게 송현을 내리눌렀다.

"이제는 납득하나."

담담한 목소리.

그 물음이 송현의 폐부를 헤집었다.

*　　　*　　　*

눈앞에 광릉산보를 펼쳐 두었다.

첫 번째의 그림과 두 번째 그림은 해맑은 웃음을 지으며 뛰노는 아이들과 선경에 비견될 만한 기암괴석의 산세가 운무 속에 숨어든 모습이었다.

세 번째, 네 번째 그림은 홍염이 세상에 가득 차고, 서로가 서로의 목숨을 노리는 아비규환의 지옥도다.

송현은 이제 그 세 번째 네 번째 그림 속에 담긴 감정이 분노임을 알고, 그 속에 숨겨진 진의가 무엇인지 깨달았다.

비록 온전히 얻지 못하였으나, 그것은 송현이 광릉산보를 통하여 얻은 첫 번째 깨달음이었다.

그 뒤로도 그림이 이어져 있다. 흘러가는 강물이 다섯 번째 그림이었고, 가득 찍은 먹으로 그려놓은 둥근 획이 여섯 번째의 그림이었다. 그 뒤로도 그림이 계속된다.

세 번째, 네 번째 그림을 제외한다면 아직 무엇도 얻지 못한 것이다.

다만 그 속에 인간의 감(感)과 정(情)이 숨겨져 있을 것이라 짐작할 뿐이다.

하지만 아무리 보아도 그 감정을 깨닫는 것은 진척이 없다.

머리가 아팠다.

송현은 광릉산보를 한쪽으로 치워 두었다.

그리고 거문고를 든다.

둥.

현이 울리며 묵직한 소리를 만들어낸다.

매일같이 잡은 거문고의 현들이 오늘은 유독 낯설고 이질적으로 느껴졌다.

첫 패배.

악공이 무인에게 패한 것이니, 그것이 어찌 흠이 되겠는가만은 송현이 받은 충격은 결코 적지 않았다.

그 마음을 다잡기 위해 연주하는 거문고 소리는 오늘따라 유독 무겁게만 울렸다.

"풍운조화를 부린다. 극음과 극양의 기운을 함께 부린다. 가락을 읽어 상대의 수를 읽는다. 좋다. 한데 그것들이 무슨 소용이지?"

진우군의 목소리가 귓가에 울리는 듯했다.

진우군에게 패했던 그날.

그는 평소의 그답지 않게 많은 말을 했다.

그리고 그 말 하나하나가 송현의 마음을 찢어놓았다.

"경신술도 쓰지 못한다. 체력도 무인에 비할 바는 아니다. 이동 시 짐만 될 뿐이다. 가락도 끊겨 버리면 결국 아무것도 할 수 없지. 그때도 짐이다. 마음은 무르고, 힘은 더욱 무르다."

부정할 수 없었다.

모두 사실이다.

진우군과의 대결에서의 일방적인 패배.

변명의 여지조차 남겨지지 않았다.

"무인이 되어라. 그땐 임무를 주지."

떠나가면서 남긴 진우군의 그 말이 아직도 귓가에 맴돈다.

무인이 된다면 그땐 임무를 준다고 했다.

하지만 송현은 고개를 저었다.

일방적인 패배 속에서, 아니, 첫 임무를 수행했던 그때부터 송현은 깨닫고 있었는지도 모른다.

'나는 악사야.'

송현은 무인이 아닌 악공이다.

그래서 더욱 진우군의 마지막 말이 무겁게만 느껴진다.

팅!

그 탓일까.

현이 끊어졌다.

좀처럼 흔치 않은 일이다. 아니, 매일같이 악기를 손보는 악공으로서는, 더욱이 몇 년이나 악기를 다루어 온 악공이라면 절대로 있을 수 없는 일이었다.

송현은 현이 끊어져 버린 거문고를 가만히 내려다보았다.

마음이 복잡하다.

"가자."

송현은 자리에서 일어섰다.

제5장
추애(追哀)

樂武林

모처럼만에 천권호무대 전원이 연무장에 모였다.

임무에서 복귀한 유서린을 맞이하기 위한 자리였었다. 불과 조금 전까지만 해도 그랬다.

“잠시 여행 좀 다녀올까 합니다.”

송현이 그 말을 하기 전까지만 해도 그랬다.

송현의 시선이 진우군을 향한다.

그가 천권호무대의 대장이니 결정권은 그에게 있었다.

사실 그가 허락해 줄지는 확신하지 못한다. 아니, 이렇게 해도 되는지도 알지 못했다.

그러나 한 가지는 안다.

이곳에 있으면 송현의 마음은 더욱 복잡해질 뿐이다. 임무는커녕 달리 할 일도 없는 무용한 존재가 되어버릴 것이다.

그래서 잠시의 외유를 선택했다.

그 청에 진우군은 한동안 말이 없었다.

그러나 이내 고개를 끄덕인다.

"그렇게 하지."

"감사합니다."

송현이 고개를 숙인다.

그리고 망설임없이 몸을 돌렸다.

이미 채비는 다 갖추고 온 상태다. 이미 등 뒤에는 광릉산보가 담긴 죽통과 현이 끊긴 거문고가 자리 잡고 있었다. 간단한 옷가지와 혹시 모를 노숙을 위한 식량 따위도 챙겨 놓았다.

"……."

송현이 천권호무대의 연무장을 벗어나는 동안 누구도 입을 열지 않았다.

워낙에 갑작스럽게 벌어진 일이다. 더욱이 심각한 송현과 진우군의 분위기에 쉽사리 말을 꺼내기도 어려워서였다.

"소구."

먼저 입을 연 것은 진우군이다.

소구를 부른 진우군이 턱짓으로 송현을 가리킨다.

"우어!"

소구가 의미 모를 대답과 함께 서둘러 움직이기 시작했다. 옷가지를 챙길 여력은 없다. 급히 방패를 등에 메고, 돈이 든 전낭을 챙기는 것이 전부였다.

그것으로 끝이다.

진우군은 더 이상 말이 없다.

작금의 상황이 어떻게 해서 벌어졌는지조차 알지 못하는 대원들은 그저 서로 눈빛을 교환하고 있을 뿐이다.

그렇게 송현의 여행은 너무나 쉽게 이루어졌다.

* * *

길을 나섰다.

답답한 마음을 정리하기 위함이기도 했고, 앞으로 자신이 무엇을 할 수 있는지도 다시 되짚어 보기 위함이기도 했다.

외맹현에 들러 여행에 필요한 것들을 제법 많이 샀다.

거문고의 현도 새로 갈았다.

기약도 없고, 목적지도 없다.

그저 발길 닿는 데로 가는 것이 전부다.

배를 타지 않았다.

생각을 정리하는 데에는 걷는 편이 나을 것으로 생각했기 때문이다.

'이제 좀 살 것 같구나.'

외맹현마저 나와 그냥 마음 가는 곳으로 방향을 정하고 걷는 길이다.

그런데도 송현의 마음은 한결 가벼워졌다.

답답했던 숨의 트이고, 만근의 바위를 올려놓은 듯 무거웠던 마음이 홀가분해졌다.

무림맹 속에서 본 세상은 송현이 보았던 세상과는 전혀 다른 세계였다.

하지만 무림맹 밖을 나서니 세상은 송현이 알던 세상으로 되돌아와 있었다.

그것이 마음을 가볍게 한 것이다.

"우우어!"

그런 송현의 뒤를 소구가 뒤따른다.

소연은 소구가 자신을 쫓아오는 것에 대해 달리 아무런 말도 하지 않았다. 그럼에도 소구는 마치 겁먹은 아이처럼 커다란 눈망울을 촉촉이 적신다. 그것도 모자라 이따금 송현이 걸음을 멈추고 뒤돌아서 소구를 바라볼 때면, 마치 큰 죄를 지은 것 마냥 숨기지도 못할 거구를 숨기려 애를 쓴다.

아이 같은 모습이다.

송현은 그만 웃고 말았다.

"하하하! 그러지 마시고 이리와 같이 걸으시지요."

송현이 먼저 함께 걸을 것을 제의했다.

"우어?"

그제야 그 큰 몸을 숨기려 애쓰던 소구가 고개를 돌려 송현을 바라보았다.

송현은 미소를 지었다.

"어디로 갈지 모르는 길이지만, 그래도 혼자 걷는 것보단 둘이 함께 걷는 것이 낫지 않겠습니까. 자! 이리 오세요."

"히힛!"

송현이 손을 내밀자 소구가 웃는다.

그 큰 몸으로 쫄래쫄래 달려와 송현의 옆에 서는 모습이 자못 귀엽기까지 했다.

"우어? 우어어?"

소구가 송현을 향해 손짓몸짓 동원해 무어라 말을 했다.

손가락을 가리키고 고개를 갸웃거리는 것을 보니 그가 하고자 하는 말이 무엇인지 대략 눈치가 갔다.

"지금 어디로 가는 것이냐 묻는 것인가요?"

"우우!"

뜻이 통했음이 기뻤는지 소구가 활짝 웃으며 고개를 끄덕인다.

송현은 솔직히 대답했다.

"모르겠습니다. 목적지를 정하지 않고 나온 길이라서요. 그냥 발길 따라 걷는 것도 좋지 않을까요?"

"우?"

소구가 고개를 갸웃한다.

목적지도 없이 길을 나섰다는 송현의 말이 소구에게는 이해되지 않는 모양이다.

그러나 이내 웃으며 고개를 끄덕였다.

그리고는 송현의 보조에 맞춰 나란히 길을 나섰다.

소구는 말을 하지 못한다.

어렸을 적 받은 충격이 커서라는 이야기는 주찬에게 들어 알고 있었다. 그러나 그 충격이 무엇인지는 주찬도 이야기해 주기 기피하는 모습이었다.

그래서 그 이유는 모른다.

그런 건 아무래도 괜찮았다.

다만 지금 송현에게 있어 훌륭한 동행이었다.

소구가 말 없는 탓인지, 아니면 수구의 모습이 송현에겐 순수하게 다가와서인지는 모른다.

송현의 말이 많아졌다.

많은 이야기를 했다. 대답이 돌아오지 않는, 혼잣말이었지만 그런 건 아무래도 좋았다.

아니, 그래서 더욱 좋았는지도 모른다.

송현은 이런저런 이야기를 두서없이 했다. 애써 생각을 정리하려 하지도 않고, 말의 앞뒤를 맞추려고 하지도 않았다.

무림맹을 향하던 길, 배 위에서 겪었던 이야기, 이초를 떠나왔을 때의 슬픔과 각오, 그리고 무림맹에 소속된 이후의 이야기까지.

막상 꺼내놓고 보니 그간 가슴속에만 담아두었던 이야기가 적지 않음을 깨달았다.

그리고.

"진 대주께서는……."

이야기는 어느새 진우군에 대한 이야기까지 흘러갔다.

한 번도 막힘없이 흘러나왔던 송현의 이야기가 잠시 멈춘다.

입가에 쓴웃음이 머물렀다.

"첫인상은 정말 무인다워 보이셨습니다. 당당한 체구, 등 뒤로 비껴 멘 거도, 과묵한 성격. 책에서만 본 무림을 상상할 때면 꼭 한 번은 생각해 본 무인의 모습이었지요. 그런데……."

"우우?"

소구가 눈을 크게 뜨고 고개를 갸웃거린다.

송현이 혼잣말 같은 이야기를 시작한 이래 소구는 처음으로 송현을 재촉하고 있었다.

"첫 임무에서 느낀 대주께서는……. 궁에서 본 그들과 닮아 있었습니다. 선악의 구분 없이, 오로지 명령과 결과만을 생각하는 이들이지요."

주로 무관들이 그랬다.

선악의 유무는 그들에게 중요하지 않았다. 그들이 관심 있는 것은 오로지 명령이다. 그리고 그 명령을 어떻게 완수해 낼 것인가이다.

그것이 그들에게 있어, 변하지 않는 절대의 선이었다.

궁을 떠나고, 악양에서의 생활을 거쳐 무림이란 세계로 들어왔다.

그리고 그 무림이란 세계에서 궁에서 본 그들과 같은 사람을 처음 마주했다.

아니, 처음은 아니다.

악양에서 송현은 그와 같은 사람과 마주한 일이 있었다.

청령단주 단호영.

명령을 위해서는 수단과 방법을 가리지 않고, 그 과정의 선악은 전혀 고려하지 않는 모습.

단호영과 진우군이 같다는 것은 아니다.

하지만 닮았다.

그 닮음을 느낀 순간부터 어쩌면 송현은 진우군을 향한 미묘한 반발심을 느끼고 있었는지도 모른다.

"무인이 되어라. 그땐 임무를 주지."

무림맹 밖에 나와서도 진우군의 그 말은 뇌리를 떠나지 않는다.

"무인이 되는 것은 무엇일까요? 무공을 익히면 무인일까요? 아니면 선악에 대한 가치관보다 임무를 우선해야 하는 걸까요? 그것도 아니면……. 무인은 대체 무엇인가요?"

송현의 질문에 소구가 머리를 긁적인다.

"헤-!"

그러더니 이내 웃음을 지으며 도리질 친다.

모른다는 의미임은 송현도 안다.

무인이 된다는 것은 무엇을 의미하는지, 무인인 소구도 알지 못하는 것이다.

복잡하다.

생각은 또다시 흘러간다.

"처음 임무를 맡았을 때 상대한 혼견은 아직 어린아이였지요. 그 아이를 죽이려 했습니다. 하지만 그 순간……."

송현은 말을 끊었다.

비단 마음을 정리하기 위해서만은 아니었다.

고개를 들어 먼 곳을 바라본다.

겨우 마차 하나 지나갈 수 있을 법한 길이다. 그 양 가로는 농사를 위해 물길을 열어놓은 폭 좁은 수로가 있고, 수로 언덕엔 온갖 잡초가 푸르게 돋아나 있는 길이다.

저 멀리 그 길 중앙으로 누런 소가 끄는 수레가 다가오고 있었다. 수레 위에는 아직 청록이 가시지 않은 잡풀들이 한가득 쌓여 있었다.

소의 여물을 주기 위해 미리 뜯어 오는 길인 듯했다.

수레는 소라는 동물의 특유의 느긋함만큼이나, 속도도 느긋하기가 한정이 없다.

말을 멈춘 송현과 소구가 길가로 몸을 옮겼다.

좁은 길 위를 지나는 수레가 무사히 지나갈 수 있도록 배려하는 것이다.

소를 모는 중년의 농부가 검게 그을린 얼굴 사이로 하얀 이를 드러냈다.

"아이고! 이거 죄송합니다."

시원한 웃음과 함께 감사의 마음을 전한다.

그 모습에 송현과 소구도 마주 웃으며 고개를 숙였다.

달그닥. 달그닥.

수레가 송현과 소구를 스쳐 지나간다.

그때였다.

“아빠!”

문득 들려오는 어린 사내아이의 목소리가 송현의 관심을 끌었다.

수레에 잔뜩 쌓아놓은 잡초더미 위에 아직 열 살도 되지 않은 듯한 아이가 누워 있었다.

순수한 눈망울을 반짝이는 아이는 잡초더미를 딛고 서서 소를 끄는 제 아비를 바라본다.

“나 우식이 등에 태워주면 안 돼?”

“우식이 등에? 위험하게 거긴 또 왜 올라간다는 게냐?”

“재밌을 것 같잖아.”

“아서라! 그러다 우식이가 성이라도 내면? 소 발굽에 채면 약도 없다. 이 녀석아!”

“치! 우식이가 얼마나 착한데……. 아빠는 바보!”

수레를 끄는 소의 등에 태워주지 않는 아비가 야속하게만 느껴졌는지 아이는 삐죽 입을 내밀고 볼을 부풀린다.

그 모습에 소구는 저도 모르게 웃음을 지었다.

“으앗! 괴물이다!”

그러나 아이는 커다란 덩치의 소구를 보고는 부리나케 잡초더미 속으로 몸을 숨긴다.

일반 장정보다도 머리 두 개는 훌쩍 넘는 소구의 덩치다 보니 어린아이의 눈엔 괴물로 비치는 것도 무리는 아니다.

“우우!”

소스라치는 아이의 반응에 소구가 울상이 되어버렸다.

거대한 덩치에 어울리지 않는 그 모습은 웃음을 만들어낸다.

"……."

그러나 송현은 웃지 못했다.

'그때 그 아이도 인견왕만 아니었다면 저렇게 살지 않았을까?'

마음속에 찾아든 의문.

공포에 물들어버린 어린 짐승의 눈동자가 떠올랐다.

스쳐 지나가는 수레 위의 어린아이와 같았을지도 모를 아이다. 인견왕에 의해 짐승이 되어야 했고, 또 짐승으로 살아야만 했던 아이다.

이성은 잃고, 동심을 잃었다.

남은 것은 오로지 흉포한 짐승의 본능과 천륜을 거스르도록 길들어진 육체뿐이다.

욱신!

스쳐 지나가는 촌부의 어린 아들의 모습에서 혼견을 떠올렸다.

마음이 아팠다.

연민인지 동정심인지 모른다.

하나로 정의할 수 없는 감정이다.

하지만 아팠다.

위전보의 일검에 떨어져 나간 혼견의 머리가 눈앞에 훤하다.

산속 흙바닥을 뒹굴던 혼견의 눈동자 깊은 곳에 숨겨진 사라지지 않은 동심이 눈앞에 선명히 떠올랐다.

피식.

소연의 눈가에 슬픔이 어렸다. 입가에 미소도 서글픔이 머문다.

그 순간.

'광릉산!'

귓가로 광릉산의 곡조가 들려왔다.

그 속에 담긴 감정은 슬픔이다.

하지만 처음 광릉산의 곡조 속에서 분노를 찾아내었을 때와 같은 변화는 일어나지 않았다.

진의가 숨겨진 구결도 전해지지 않았고, 그림도 떠오르지 않았다.

다만 송현의 귓가에 희미하게 광릉산의 슬픈 음률만 들렸다가 사라지기를 반복한다.

'따라가야 할까?'

서서히 멀어져 가는 촌부와 아이의 모습을 가만히 바라본다.

'아니다.'

그러나 송현은 이내 고개를 저었다.

'광릉산은 저 아이에게서 시작되었으나, 지금 광릉산은 저 아이를 향하고 있지 않구나.'

송현은 먼 곳을 바라보았다.

촌부의 어린 아들에게서 시작되었던 광릉산의 슬픈 가락은 이제 먼 곳을 향해 흘러가고 있었다.

저벅. 저벅. 저벅!

희미하게 들려오는 음률을 좇아 송현이 걸음을 움직였다.

어딘지도 모를, 막연한 목적지가 생겼다.

*　　*　　*

광릉산의 곡을 좇아 길을 걸었다.

정확히 그 끝이 어디인지 알 수 없으니, 일정을 계획할 수도 없었다.

그저 소리가 들리는 곳으로, 발길이 향하는 곳으로 걷기를 벌써 며칠이다. 객잔에서 밤을 지내는 날보다 길 위에서 노숙하는 날이 더욱 많은 여행이었다.

그러나 힘들지 않았다.

소구는 훌륭한 동행자였다. 송현을 재촉하지도 않고, 목적지 없는 여행에 투정부리지도 않았다.

그저 묵묵히 함께 보조를 맞추어주며 곁을 지켜줄 뿐이었다.

다만 해가 지면 모닥불을 크게 지핀다며 수선을 떠는 소구의 행동이 불편이라면 불편이라 할 수 있었으나, 그 또한 어둠을 무서워하는 소구의 성격을 알고 있는 송현이었기에 크게 개의치 않았다.

그러다 보니 신선놀음이 따로 없다.

날이 밝으면 광릉산의 음률이 들려오는 곳을 향해 걷고, 그러다 음률이 더 이상 들려오지 않으면 그 자리에 앉아 쉬면 그만이다.

마음이 동하면 거문고를 무릎에 올리고 한 곡조 뽑아내는 것도 좋았다.

송현과 소구는 아침 일찍 일어나 길을 나섰다.

유난히 선명하게 들려오는 곡조를 좇아 송현은 작은 산을 넘었다. 그렇게 시작된 산행은 정오가 지날 때쯤 정상을 지나, 작은 산 중턱 넓게 풀밭이 펼쳐진 중턱에서 끝이 났다.

멍하니 먼 곳을 바라보던 송현이 웃음을 지었다.

"일단 여기서 쉬도록 하는 것이 좋겠군요."

더 이상 광릉산의 슬픈 가락이 들려오지 않는다.

어딘지 모를 목적지를 가리키는 유일한 이정표가 사라졌으니 더는 걸음을 재촉할 이유도 없었다.

산 아래 저 멀리 작은 마을이 보였지만, 굳이 내려가야 할 마음은 들지 않았다.

잠시 걸음을 멈추고 땀을 식히기에는 지금 이곳만으로도 충분하다 여겼기 때문이다.

송현은 고개를 돌려 주위를 살폈다.

너른 풀밭에는 이름 모를 꽃들이 가득 피어 있었다. 하얀 나비가 팔랑거리는 날갯짓으로 꽃들 사이를 오간다.

산그늘에 볕이 따갑지도 않으니 그냥 이대로 앉아 쉬어도 그만이다.

"우우우!"

소구가 해쭉 웃는다.

그리고는 기다렸다는 듯 털썩 자리에 주저앉아 솥뚜껑만큼 큰 손으로 제 옆자리를 팡팡 내려치다가 허공에 손가락을 꾸물거린다.

모르는 사람이 보았다면 그 의미를 알 수 없었을 것이다.

그러나 소구아 며칠을 함께 지낸 송현은 그 뜻을 알 수 있었다.

"또 연주해달라고요?"

"헤헤—!"

순박한 웃음을 대답을 대신 했다.

소구는 송현의 연주를 좋아해 주었다.

슬픈 곡조를 연주하면 함께 슬퍼해 주고, 기쁜 곡조를 연주해 주면 함께 웃어준다.

소구는 훌륭한 동행자이기도 했지만, 동시에 좋은 청자(聽子)이기도 했다.

송현은 자리를 잡고 앉았다.

등에 멘 거문고를 풀어 무릎 위에 올려놓았다.

자신의 음악을 좋아해 주는 사람 앞에서 연주하는 일은 언제나 즐겁다.

팔랑—!

그때 송현의 거문고 위로 나비 한 마리가 내려앉았다.

현 위에 내려앉은 나비는 지친 날개를 쉰다.

송현의 입가에 미소가 더욱 짙어졌다.

마음이 동했다.

둥—!

깊게 울리는 선율.

놀란 나비가 팔랑거리며 날아올랐다.

송현의 시선은 나비를 향한다.

팔랑!

두웅—!

나비의 날갯짓에 맞춰 음을 놓는다.

나비가 날개를 저을 때마다 송현은 손끝에 걸린 현을 튕긴다. 나비가 높게 오르면 음 또한 높아지고, 나비가 낮게 내려앉으면 음 또한 낮아진다.

정해진 악보가 아닌, 순전히 마음을 좇아 연주하는 즉흥곡이다.

그 음률이 경쾌하고, 발랄하다.

시간이 지날수록 나비의 움직임과 송현이 만들어내는 음률이 정확히 일치했다.

종래에는 나비가 음률에 맞춰 춤을 추는 듯하고, 선율이 나비의 날갯짓을 좇는 것인지, 나비가 음률을 좇는 것인지 모호해질 지경이다.

기이한 연주와 기이한 춤사위였다.

"헤— 헷!"

그 신기한 광경에 소구의 입이 벌어진다.

큰 눈을 반짝이며 송현과 나비를 번갈아 바라본다.

그러더니 이내 눈빛이 몽롱해졌다.

온전히 나비와 함께하는 송현의 연주에 몰입한 것이다.

송현은 그런 소구의 모습에 옅게 미소를 지었다.

현 위를 노니는 손가락이 더욱 빨라진다. 춤추는 나비의 움직임도 더욱 현란해졌다.

마치 음악에 맞춰 춤추는 무희와 같다.

"우와!"

그때였다.

돌연 신기함이 가득한 목소리가 끼어들었다.

앳됨이 가득한 목소리다.

소리를 좇아 고개를 돌려 보니 저쪽 언덕 아래에 작은 꼬마 아이의 모습이 보였다.

꼬마는 소구와 같이 눈을 크게 뜨고 멍하니 이쪽을 바라보고 있었다.

욱신!

가슴이 아팠다.

연주가 중단되고, 송현은 잠시 가슴을 부여잡았다.

귓가에는 어느새 광룽산의 슬픈 곡조가 애절하게 들려왔다.

그 어느 때보다 선명하게 들리는 곡조.

송현은 멍하니 아이를 바라보았다.

"우어?"

갑자기 멈춰버린 연주에 정신을 차린 소구가 의아하다는 듯 송현을 바라본다.

송현의 표정이 자못 심각한 것을 본 소구의 얼굴에 가득 걱정이 어린다.

그 시선을 다시 돌린다.

송현과 같은 방향이다.

"우?"

아이를 발견한 소구도 머리를 갸웃거린다.

송현의 음악에 취해 아이가 가까이 온 것도 알아차리지 못한 것 때문만은 아니었다.

웃으며 달려오는 아이의 얼굴.

그 얼굴이 어딘가 익숙하다.

'혼견…….'

욱신거리는 가슴 어림을 움켜쥐면서도, 송현의 눈은 아이에게서 떠날 줄을 몰랐다.

아이의 모습은 어딘가 혼견을 닮아 있었다.

그사이 아이가 다가왔다.

해맑은 웃음, 때 묻지 않은 동심이 가득한 얼굴은 빛이 나는 듯했다.

어느새 다가온 아이가 송현에게 물었다.

"아저씨! 방금 봤어요? 아저씨 연주에 나비가 막 이렇게! 이렇게!"

신기한 경험이었으리라.

그것이 아이의 정신을 훔쳤을 것은 자명했다.

욱신.

해맑은 아이의 모습만큼이나 송현의 마음에서 욱신거리는 고통은 더욱 짙어져만 갔다.

더불어 귓가로 들려오는 광릉산의 서글픈 곡조도 한층 더 짙어졌다.

"저……. 꼬마야?"

송현이 조심스럽게 입을 열었다.

묻고 싶었다.

무엇을 묻고 싶은 것인지, 무슨 말을 해야 할지는 몰랐다.

그냥 묻고 싶었다.

"예? 아! 제 이름은……. 악! 귀, 귀신이다!"

그런 송현의 물음에 해맑게 대답하던 아이가 돌연 질색을 하며 소리를 내질렀다.

송현의 곁에 앉은 소구를 본 것이다.

거대한 덩치의 소구가 아이의 눈엔 귀신과 같이 보였는지 아이는 빽 소리를 내지르고는 걸음아 나 살려라 산 아래로 도망쳐 버렸다.

조그마한 것이 어찌나 빠른지 송현이 미처 붙잡을 틈도 없었다.

멀어져 가는 아이를 붙잡기 위해 손을 내뻗었던 손을 조심스럽게 내려놓는다.

'하긴 붙잡는다 한들 무얼 할까.'

지금이라도 달려가서 잡으려 한다면 잡을 수 있었다. 아니, 당장 소구에게만 부탁해도 금세 아이를 붙잡을 수 있을 것이다.

하지만 그 후에는.

그 후에는 무엇을 할까. 무엇을 물을까.

스스로 되물었지만, 대답은 돌아오지 않았다.

어느새 광릉산의 곡조도 더 이상 들려오지 않는다.

그제야 송현의 입에서 쓴웃음이 머물렀다.

"역시 붙잡아야 했나요?"

"……."

송현의 자조 섞인 물음에 소구가 가만히 송현을 응시한다. 그러더니 갑자기 송현의 손을 붙잡았다.

소구는 송현의 손바닥을 종이 삼아 글자를 적었다.

저 아이가 혼견을 닮아서요?

송현은 고개를 끄덕였다.

"예, 그래서인지 노래가 들리네요."

"우?"

소구가 놀라 눈을 크게 떴다.

노래.

그것은 소구 또한 알고 있는 이야기였다. 지금 송현의 목적지가 광릉산의 노래가 들려오는 곳이란 사실도 안다.

송현은 고개를 저었다.

"아무래도 따라가 봐야겠네요."

자꾸만 마음에 걸렸다.

아이를 따라가는 것은 그리 어렵지 않다.

귀 밝은 송현이라면 저 멀리 멀어진 아이의 소리도 들을 수 있었다. 그 소리를 좇으면 그만이었다.

아니, 그것이 아니라도 관계는 없다.

소구가 있기 때문이다.

아주 어린 나이 때부터 천권호무대의 일원으로 지내온 소구이니만큼 당연히 추종술을 익히고 있었다.

그런 소구에게 있어서 어린아이의 흔적을 좇는 일은 그리 어려운 일도 아니었다.

그러나 그럴 필요가 없었다.

송현과 소구가 길을 나서고 그리 얼마 되지 않았을 때의 일이다.

"네, 네놈이냐!"

"이, 이노옴! 대, 체 여기가 어디라고 다시 기어온 것이냐!"

"아운은! 아운은 어디에 있는 것이오!"

느닷없이 장정들이 찾아와 송현과 소철을 둘러쌌다. 하나같이 호미나 곡괭이를 들고 찾아온 그들의 모습에서는 선명한 적개심과 경계심이 한데 뒤엉켜 있었다.

그러면서도 선뜻 거리를 좁히지 못하고 엉덩이를 뒤로 빼는 것이 잔뜩 겁을 먹은 기색도 역력했다.

그 어른들 틈에 혼견을 닮은 그 아이가 있었다.

"아!"

송현은 그 아이를 보고 짧게 감탄했다.

움찔!

그러나 아이는 송현과 눈이 마주치기 무섭게 어깨를 움찔거리며 어른들의 다리 뒤로 숨어버렸다.

'이게 대체 무슨 일이지?'

송현은 당황스러웠다.

혼견을 닮은 아이를 찾으려 했으니, 다시 만난 것은 분명 반가운 일이었다.

하지만 지금의 상황은 송현으로서는 전혀 예상하지도 못했던 상황이다.

'일단 이 상황부터……!'

송현이 생각을 정리하고 막 입을 열려 할 때였다.

"우어! 우어우어!"

소구가 이 상황이 오해해서 비롯된 일이라 여겼는지 성큼한 발자국 앞으로 나서며 양손을 바쁘게 흔든다.

그러나.

"흑! 히끅! 우아아아아! 저 귀, 귀신이 또……! 으아아앙!"

소구의 큰 덩치를 보는 순간 아이가 질겁을 해서 울음을 터뜨려 버렸다.

그것이 발화제가 되어버렸다.

겁을 먹고 선뜻 나서지 못하고 있던 어른들의 마음에 불을 댕겨 버린 것이다.

"이놈! 어서 썩 물러서지 못할까!"

"어찌할 일이 없어 이딴 짓이나 벌이느냔 말이다!"

"오냐! 내가 네놈들을 곱게 보내면 사람이 아니다! 사람이!"

어린아이를 울린 것치고는 제법 과한 비난이 쏟아졌다.

그것도 모자라 당장에라도 달려들 듯 기세가 사납기만 했다.

이유는 모르겠지만 상황이 고약하게 되어버렸다.

'에휴—'

송현의 입에서 한숨이 흘러나왔다.

제6장
혼견(魂犬)의 마을

樂武林

송현과 소구가 쉬던 산 언덕 아래에 작은 마을이 있었다.

옹기종기 모인 가가(家家)를 구분하는 것은 허리춤에도 오지 않을 낮은 돌담들이었다. 담은 침입을 막는 기능이라기보단, 집집의 경계를 구분하는 용도인 듯했다. 더욱이 대문마저도 없이 활짝 열려 있었다.

이 작은 산촌이 서로가 얼마나 화목하고 친근하게 지내는지 엿볼 수 있는 모습이었다.

송현은 그중 한 집에 머물렀다.

자그마한 안방 안에는 나이 든 촌로와 젊은 부부가 앉아 있었다.

그의 이름은 효평.

마을의 큰 어른이자, 혼견을 닮은 외모를 가진 아이의 할아버지다. 또한 함께 앉은 젊은 부부의 아비이기도 했다.

"죄송합니다. 배운 것 없는 촌무지렁이라 실수를 저질렀습니다."

효평이 송현과 소구를 향해 고개를 숙인다.

나이가 무색할 만큼 효평의 행동에는 정중함이 가득했다.

송현은 고개를 저었다.

"아닙니다. 단지 오해가 조금 있었을 뿐인걸요. 그러니 마음에 두지 마시지요. 오히려 저희가 불편합니다."

"감사합니다! 그리 말씀해 주셔서 감사합니다."

효평이 거듭 고개를 숙였다.

효평은 안도하고 있었다.

오해가 있었다. 마을의 젊은 장정들은 죄다 몰려가 송현과 소구를 겁박했다.

그리고.

그 오해가 풀리고, 송현과 소구가 무림인이라는 사실을 알았을 때는 온 마을 사람들은 눈앞이 캄캄해지는 듯했다.

한낱 촌민이 무림인을 건드렸다.

죽여달라고 발악하는 것이나 다름없는 짓을 저질러 벌인 것이다.

송현과 소구가 앙심을 품었다면 당장 이 마을에 살아 있는 사람은 없으리라.

"효윤아. 거기서 무얼 하고 있어! 이리 와서 어서 사과하지 않고!"

효평은 문밖에 빼꼼 고개를 내밀고 있는 손자 효윤을 불렀다.

혼견을 닮은 아이였다.

온 마을의 장정들이 송현과 소구를 향해 적의를 불태운 것 또한 효윤의 말에서 비롯된 일이다.

"죄, 죄송해요."

"어허! 이리 와서 제대로 사죄하지 못하겠느냐!"

쭈뼛거리며 허리를 숙이는 효윤의 모습에 효평이 불호령을 낸다.

호랑이 같은 할아버지의 서슬에 효윤은 울 것 같은 표정이 되어 송현과 소구의 앞에 섰다.

"죄송해요. 너무 놀라서 착각했어요."

효윤이 당장에라도 울음을 터뜨릴 듯 울먹이며 허리를 숙였다.

효평은 그런 효윤의 엉덩이를 다독이며, 무릎 위에 앉혔다.

그러면서도 거듭 송현과 소구를 향해 고개를 숙인다.

"죄송합니다. 마을에 변고가 있어 일이 이리되었습니다."

"변고라니요?"

"그것이……."

송현의 반문에 효평이 말끝을 흐린다.

주저하는 것이다.

'대체 무슨 일이기에…….'

주저하는 것은 비단 효평만이 아니다. 효평의 옆에 앉은 젊은 부부의 얼굴에도 슬픔이 어린다.

"아버님."

젊은 아낙이 조심스럽게 효평을 부른다.

효평은 깊은 한숨과 함께 고개를 저었다.

"후— 대답하지 못할 이유가 어디에 있겠습니까. 이 년 전에 이 마을에 큰일이 생겼었지요."

"큰일이라니요?"

"아이들이 사라졌지 뭡니까. 겨울에 토끼 잡으러 나간다던 마을 아이들이 하늘로 솟았는지 땅으로 꺼졌는지 흔적도 없이 사라져 버렸으니, 자식 가진 부모입장에서야 그보다 심각한 변고가 어디 있겠습니까. 그 후 이 년이 지나도 소식이 없으니 이러는 것이지요. 실은 부끄럽게도 두 영웅분이 그 일의 흉수가 아닐까 생각해 이렇게 결례를 저지른 것입니다."

"이 마을 아이들이 유괴를……. 당했다는 말씀이십니까?"

송현의 표정이 심각해졌다.

하루아침에 사라져 버린 아이들.

그럼에도 낯선 이방인인 송현과 소구를 의심했다는 것은, 마을 사람들은 그 일을 유괴로 보고 있다는 뜻이라 여겼다.

"예, 모두 유괴당했지요."

그런 송현의 생각은 틀리지 않음을 효평의 침중한 목소리가 확인시켜 주었다.

문득 송현은 의문이 들었다.

“흔적도 없이 사라졌는데, 어떻게 유괴라 생각하신 것인지요? 혹, 무언가 이유라도 있으십니까?”

하늘로 솟았는지, 땅으로 꺼졌는지 알 수 없다고 했다.

그럼에도 유괴를 당했다고 믿고 있다.

효평의 어투로 보아 유괴를 확신하고 있는 듯한 모습이다.

“허허. 본 사람이 있습니다. 그러니 믿을 수밖에요.”

가만히 효윤의 머리를 쓰다듬던 효평이 슬픈 미소를 지어 보인다.

주름진 두 눈에 담긴 깊은 회한이 일렁인다.

‘혹시……. 아니, 아닐 거야.’

송현은 순간 가슴 한편에서 의문이 일었다. 하지만 이내 그 의문을 부정했다.

하지만.

“혹, 그 목격자가 저 아이인가요?”

조용한 물음.

그 물음에 효윤의 머리를 쓰다듬어 주던 효평의 손길이 멈칫했다.

부정했던 의문이 한층 더 부피를 더했다.

송현은 대답도 듣지 않고, 질문을 던졌다.

“그렇다면 혹시 저 아이의 형제가 있습니까? 저 아이와 닮은……. 그 아이도 유괴를 당했습니까?”

스스로 부정하던 의문을 질문으로 던진다.

그럴 리 없다.

있을 수 없는 일이라 부정했지만, 죽은 혼견과 닮은 효윤의 생김이 마음에 걸렸다. 귓가로 들려오는 광릉산의 서글픈 곡조가 효윤을 향하고 있음도 마찬가지였다.

그래서 물었다.

"어, 어찌!"

대답이 돌아왔다.

대답이라 할 수 없는 말이었으나, 이미 그 어느 대답보다 확실한 대답이었다.

놀라 눈을 부릅뜬 효평의 얼굴은 송현이 부정했던 생각이 틀리지 않았음을 이야기해 주고 있었으니까.

그리고.

"어, 어찌 효균이를 아십니까! 호, 혹시 보셨습니까?"

"효균이는요? 효균이는 어디에 있나요? 그 어린 것이 울지는 않던가요?"

송현과의 대화에서 한발 물러서 가만히 자리만 지키고 있던 두 젊은 부부가 송현에게 질문을 쏟아낸다.

'아아! 결국! 광릉산은 나를 이리로 이끈 것일까!'

송현은 눈을 질끈 감았다.

광릉산의 곡조를 좇았던 여행이다. 그리고 광릉산은 송현을 이곳으로 이끌었다.

결코 우연은 아니리라.

묘한 안도감과 함께 깊은 절망이 송현을 찾아왔다.

"효, 효균이를……. 효균이를 보셨었는지요?"

애써 마음을 가다듬는 효평의 목소리에 떨림이 송현에게 고스란히 전해졌다.

그 속에 담긴 감정 또한 마찬가지다.

희망, 불안, 의심.

그 세 가지 감정이 뒤엉켜 무엇 하나로 정의할 수는 없다. 하지만 그 속에 담긴 아픔이 송현을 더욱 괴롭혔다.

눈을 감았음에도 송현을 향하는 시선들이 선명하게 느껴졌다.

"저 아이를 닮은 아이를 보았습니다. 그리고 그 아이는……."

차마 입이 떨어지지 않는다.

하지만 송현은 끝내 다 하지 못한 말을 해야만 했다.

"그 아이는 죽었습니다."

쿵!

심장이 떨어져 내리는 듯했다.

*　　*　　*

마을에 비통함이 가득했다.

효윤의 어미는 대성통곡을 하며 눈물을 쏟아내다가 혼절했다. 효윤의 아비는 말없이 밖으로 나가 술을 마신다.

효평은 긴 장죽을 꺼내 불을 붙였다.

깊게 내뿜는 연초의 연무만큼이나, 효평의 한숨은 깊어 보였다.

효균을 보았다는 송현의 이야기에 흩어졌던 마을 사람들이 모두 송현에게 몰려들었다.

제 자식들은 멀쩡한지, 살아는 있는 것인지 질문을 쏟아냈다.

하지만 송현은 대답할 수 없었다.

송현이 본 혼건은 효균이 전부였으니까.

"거짓말쟁이! 아저씨는 거짓말쟁이야! 우리 형은 안 죽었어! 꼭 돌아온다고 나랑 약속했단 말이야!"

그리고 펑펑 눈물을 쏟는 효윤은 악에 받쳐 송현의 말을 부정했다.

"커다랗고 무서운 사람이 나타나 아이들을 모두 붙잡으려 했다고 합니다. 효윤이의 말로는 그저 보는 것만으로도 무서웠다고 합니다. 그래서 함께 도망쳤다더군요. 하지만 그 짧은 다리도 도망치면 얼마나 도망치겠습니까. 금세 다 잡혀버렸지요. 어찌나 빠른지 눈에 보이지도 않았다고 하나, 그것이야 곧이곧대로 믿을 수야 없는 노릇이고……."

효균의 죽음을 이야기했을 때.

효평이 못 다한 이야기를 해주었다.

그날 무슨 일이 있었는지, 효윤에게 전해 들은 그날의 이야기를 송현에게 다시 전해준 것이다.

"저놈의 형이란 놈은 그래도 제 동생은 지키고 싶었나 봅니다. 곧 돌아오겠노라고, 거기에 숨어 있으라 하고 토끼 굴에 저 아이를 숨겼다고 합니다. 하나 그것이 마지막이었던 것입니다."

죽은 혼견은 동생을 지키려 했다. 그리고 끝내 지켜냈다.

하지만 본인의 화만큼은 피하지 못했던 것이리라.

욱신.

가슴이 또다시 아파 온다.

'그래서 소 형을 보고 놀란 것이었구나.'

소구를 보고 놀라 도망치고, 마을 사람들을 불러온 이유가 그 때문이리라.

효윤이 기억하는 흉수는 키가 컸으니까.

그리고 소구 또한 키가 컸으니까.

그날의 일을 기억하는 효윤의 눈에 비친 소구는 그날의 악몽을 떠올리게 했을 테니까.

'많이 아팠을 텐데…….'

송현은 연민에 찬 눈으로 효윤을 바라보았다.

눈물 콧물을 흘리며 송현의 말을 부정하던 효윤은 그 조막만 한 손으로 송현의 가슴을 때렸다.

"거짓말이라고 해! 이 거짓말쟁이야! 형은 꼭 돌아온다고 했단 말이야!"

죽는다는 것이 무슨 의미인지는 알까.

의문이 들었다.

'아마 다시는 볼 수 없다는 의미 정도이겠지.'

아직 어린 효윤에게는 그러한 의미일 것이라 짐작했다. 하지만 그마저도 결코 가볍지는 않을 것이다.

"미안하구나."

송현은 고개를 숙였다.

그런 송현의 머리 위로 지독한 연초(煙草)향과 함께 효평의 목소리가 들려왔다.

깊고 나직한 목소리.

하지만 진심이 가득한 목소리다.

"…고맙습니다."

그 공허한 목소리가 송현에겐 너무나 무겁기만 했다.

효균의 죽음이 알려지고, 사흘이 지났다.

울고 혼절하기를 반복하던 효균의 어미는 이제 눈물조차 말라버린 듯했다. 사흘 내내 말없이 술만 마시던 효균의 아비는 더는 술을 입에 대지 않았다.

갑작스럽게 찾아온 슬픈 소식을 받아들이기 시작했다.

사십구재(四十九齋)가 시작되었다.

죽은 날로 치자면 이미 사십구재가 끝나갈 시점이었으나, 이들은 효균의 죽음을 알지 못했었다.

때문에 이제야 사십구재라도 올리는 것이다.

효균의 아비는 없는 살림에도 제법 많은 돈을 들여 산 아래

에 내려가 의식을 치러줄 도사를 불러왔다.

어쩌면 그것은 죽은 혈육을 떠나보내는 그들만의 최소한의 의식이 필요했던 것인지도 몰랐다.

"돕겠습니다."

송현은 남았다.

떠날 수가 없었다.

그날 효균이 죽은 그곳엔 송현도 있었다. 비록 송현이 그 아이를 죽이지 않았으나, 같은 천권호무대의 대원인 위전보의 칼날에 죽은 아이이다.

그러니 떠날 수가 없었다.

더욱이 송현은 이미 가족을 잃어 보았다. 하나뿐인 혈육인 할아버지를 잃었을 때의 슬픔은 누구보다 잘 아는 송현이다.

같은 아픔을 겪고 있는 그들을 모른 척 외면할 수 없었다.

둥—!

현이 만들어낸 음이 서글프게 운다.

온 마을 사람이 모인 가운데.

첫 번째 사십구재가 시작되었다.

송현은 재에 필요한 거문고를 연주했고, 죽은 효균의 아비가 모셔온 도사는 진언을 외우고, 음악에 맞춰 의식을 진행했다.

온 마을 사람들이 함께한 자리다.

저마다 두 손을 꼭 쥐며 무언가 간절히 기원한다. 마을 사람들 대부분 그날 자식을 잃었다.

효균의 죽음은 알려졌으나, 유괴당한 그날 함께 있었던 아이들의 생사는 확인되지 않았다.

죽었는지 살았는지도 모를 자식을 떠올리며 기원하는 것이리라.

그렇게 첫 의식이 치러졌다.

송현은 의식이 끝나는 사십구일이 되는 날까지 마을에 머물기로 했다.

효평은 그런 송현에게 방을 내어주었다.

*　　　*　　　*

사십구재가 시작된 마을.

하지만 가진 것 없는 산골 마을에서 사십구재에만 매달릴 수는 없는 일이었다.

첫날의 의식이 끝이 나고, 다음 날 아침이 시작되자 마을 사람들은 각자 생업을 시작했다.

농사와 사냥으로 생계를 유지하는 산골 마을의 하루는 이른 새벽부터 시작되었다.

농부는 나가 밭을 갈고, 사냥꾼은 채비를 갖추어 산을 오른다.

그리고 송현은 깨달았다.

'나는 음악을 제외하면 아무것도 도울 수 있는 것이 없구나.'

제를 지낼 때 곡을 연주했다.

하지만 그 뒤로 송현이 할 수 있는 일은 없었다.

처음에는 농사일을 도우려 했다. 비록 수박 겉핥기식의 잠시 잠깐이었지만 이초와 함께 밭을 일구어 본 일이 있으니 마냥 폐가 되지는 않을 것이라 여겼다. 그러나 오히려 마을 사람들이 그런 송현을 불편해했다.

송현을 무림인이라 생각하는 그들이다.

함께 땀을 흘리며 밭을 일구고, 잡초를 뽑는다는 것은 가시방석에 앉은 것만큼이나 불편하고 조마조마한 일이다.

그것을 알기에 송현도 더는 일을 돕겠다고 나서지 않았다.

일을 돕겠다고 남았는데, 결국 연주 말고는 아무것도 할 수 없게 되어버린 것이다.

그것은 소구도 마찬가지다.

아니, 오히려 소구는 더했다.

송현과 같이 사십구재에 필요한 음악을 연주할 수 있는 것도 아니었고, 저절로 위압감을 주는 커다란 덩치에 선뜻 다가와 도움을 청하는 이도 없었다.

마을로 들어온 이후 소구는 줄곧 침울하고, 의기소침한 모습이었다.

그렇게 송현과 소구가 마루 끝에 앉아 멍하니 밖을 바라보고 있었다.

깡! 깡! 깡!

모두 일터로 나가 버린 조용한 마을에 쇠 두드리는 소리가 났다.

작은 담벼락 너머로 고개를 내밀어 살피니 농부 하나가 망치로 쇠삽을 두드리고 있었다.

어찌나 힘을 쓰는지 이마에는 굵은 땀이 뚝뚝 떨어져 내린다.

"아이고, 또 망가졌어요?"

부인으로 보이는 아낙이 걱정스럽게 묻는다.

농부는 흘깃 부인의 얼굴을 살피고는 이내 고개를 돌려 쇠삽을 마저 두드린다.

"돌부리가 많아서 그런가, 아니면 삽이 시원찮아서 그런가."

"그러지 말고 이참에 하나 사는 것은 어때요?"

"사기는! 한두 푼 하는 것도 아니고. 아쉬운 대로 이렇게라도 올 한 해 버텨야지."

걱정스러워하는 아낙과 무덤덤한 농부의 대화.

익숙한 일인 듯 보였다.

당연한 일이다. 가난한 산골 마을 살림에, 화전을 일구는 것이 그리 쉬운 일은 아니다.

사방 천지에 나무뿌리와 돌이 박혀 있고, 가진 농기구도 그리 질 좋은 물건이 되질 못한다.

까딱 실수하여 돌을 내려치기라도 하면 연장이 상하는 것은 다반사다.

"우!"

그 모습을 지켜보던 소구가 벌떡 몸을 일으켰다.

"왜요? 무슨 일이라도 있으세요?"

갑작스러운 소구의 행동에 놀란 송현의 물음에, 소구는 씩 웃음을 짓는다.

소구는 송현의 손바닥 위에 무언가를 적었다.

제가 할 수 있는 일을 찾았어요. 도와주세요.

그날 소구와 송현은 마을을 내려와 장을 보고 다시 돌아왔다.

*　　*　　*

다음 날.

소구는 아침 일찍부터 부산을 떨었다.

인근에 버려진 폐가를 찾아다 일을 시작했다. 뚫린 지붕을 다시 막고, 이것저것을 이용해 필요한 물건들을 뚝딱 만들어 냈다.

커다란 덩치와 달리 소구의 손은 야무졌다. 그와는 또 반대로 힘은 장사라, 장정 서넛이 동원되어도 힘겨워할 일을 혼자 도맡아 했다.

그렇게 사흘이다.

폐가는 제법 모습을 갖추어 가고 있었다.

"대장간인가 봅니다."

개조를 마친 집을 구경 온 효평이 슥 주위를 살피다 감상을 내놓았다.

끄덕끄덕.

소구가 웃으며 고개를 끄덕였다.

"고작 며칠 만에 이렇게 만들다니요. 솜씨가 정말 대단하신 분이십니다."

"헤-!"

효평의 칭찬에 소구가 쑥스럽다는 듯 머리를 긁적였다.

그리고 송현의 손 위에 무언가를 저었다.

송현이 그가 하지 못한 말을 대신 전해준다.

"집이 상태가 좋아 크게 손볼 곳이 없었다고 하네요. 용로만 올리고 철침(鐵砧)놓으면 됐다고 합니다."

"허허허! 그렇겠지요. 빈 지 얼마 안 된 집이니 아직 사람 손이 남아 있을 겝니다."

"빈 지 얼마 되지 않았다니요?"

마땅한 자리를 찾는 소구에게 이 집을 제의한 것은 효평이었다.

버려진 집이라 하기에 소구가 마음껏 구조를 변경했지만, 버려진 지 얼마 되지 않은 집이라 하니 살짝 걱정되는 것이다.

"원래는 상처한 홀아비가 자식과 함께 살던 집입니다. 그날 그 일이 있고 나서, 얼마 뒤에 비어버렸으니까요. 어느 날 갑자기 사라졌지요. 죽었는지 살았는지 모를 자식을 찾으러 간 것일 수도 있고, 아니면 이 마을이 싫어 떠난 것일지도 모르겠지요."

"아!"

송현은 짧게 신음을 흘렸다.

'인견왕…….'

결국 이 비어버린 집 또한 인견왕의 흔적이었다.

으득 이를 악물었다.

'대체 한 사람이 얼마나 많은 이를 괴롭게 한단 말인가!'

아이들을 납치해 독견과 혼견으로 키워내는 인견왕.

그런 인견왕의 악행에 작은 마을 전체가 상처를 입어야만 했다. 어쩌면 이곳뿐만이 아닐지도 모른다. 더 많은 이가 인견왕에 의해 상처받고 희생당했을지도 모른다.

아니, 당했을 것이다.

확인하지 않았음에도 송현은 확신했다.

그렇기에 더욱 화가 났다.

광릉산의 곡조에 분노가 담긴다.

고요했던 송현의 두 눈에 귀화가 어리기 시작했다.

하지만 송현은 급히 고개를 내저으며, 광릉산의 곡조에 담긴 분노를 털어냈다.

'만일 폭주라도 한다면 큰일이다.'

아직 스스로 분노를 온전히 제어하지 못하는 송현이다.

만약 분노에 취해 버린다면, 그 뒤는 송현으로서도 장담할 수 없는 일이었다.

어쩌면 인견왕과 다를 바 없이, 이 마을에 깊은 상처만 입히게 될지도 모른다.

그러긴 싫었다.

“한데…….”

송현이 분노를 억누르는 사이.

효평이 조심스럽게 입을 열었다.

“대장간을 만드신 이유가 혹, 마을 사람들을 돕기 위함이신지요?”

“우?”

어쩌면 당연한 일을 가지고 질문을 한다.

소구가 고개를 갸웃거리는 것 또한 그 때문이다.

“왜 그러십니까? 혹시 달리 사정이라도 있는 것입니까?”

송현이 그런 소구를 대신해 반문했다.

효평이 고개를 젓는다.

“아, 아닙니다. 사정이야 달리 있겠습니까. 좋은 일이지요. 가뜩이나 바쁜 농번기에 대장간이 열리면야 좋은 일이지요. 하물며 이런 궁벽한 벽촌은 제대로 된 농기구도 없는 곳이니까요. 한데……. 쉽지는 않을 것입니다.”

효평의 입가에 쓴웃음이 머물렀다.

쉽지는 않을 것이다.

송현과 소구는 그것을 쉽게 이해하지 못했다.

하지만 굳이 이해할 필요는 없었다.

효평이 왜 그런 말을 했던 것인지는 너무나 쉽게 알아차릴 수 있었다.

"……."

대장간은 고요한 적막만이 감돈다.

소구의 얼굴은 시무룩했다.

용로는 뜨겁게 달아올랐지만, 대장간에 울려 퍼져야 할 담금질 소리는 들리지 않는다.

아무도 수리를 부탁하지 않았다.

필경 낡은 농기구는 계속해서 상할 것이 분명한데도, 아무도 농기구를 고쳐달라 부탁하지 않으니, 분명 이상한 일이었다.

그렇게 며칠이 지나고서야 송현은 어렴풋이 그 이유를 짐작할 수 있었다.

'나와 같은 경우로구나.'

마을 사람들은 송현이 나서 농사일을 돕는 것을 부담스러워하듯, 소구에게 농기구를 수리해달라 부탁하는 것을 어려워하는 것이다.

송현은 쓴 웃음을 지었다.

"안 되겠습니다."

"우?"

갑자기 자리에서 일어나는 송현의 모습에 소구가 의아한 듯 바라본다.

"이렇게 앉아 있을 수만은 없지 않습니까. 제가 한번 돌아다니면서 이야기해 보겠습니다."

어려워 도움을 청할 수 없다면, 먼저 찾아가 어려움을 더는 것이 우선일 것이라 송현은 생각했다.

*　　*　　*

"저, 정말 농기구를 수리해 주신단 말씀이십니까? 소, 소문은 들었지만 그게 진짜일 줄은 몰랐습니다요. 한데 저희는 돈이……."

송현의 설명을 들은 농부가 놀랐다가 이내 난감해한다.

농기구를 수리할 형편이 되었다면 진즉, 산 아래로 내려가 농기구를 수리했을 것이다.

궁벽한 벽촌 살림에 그것은 그리 쉬운 일은 아니었다.

그런 농부의 모습에 송현은 웃었다.

"괜찮습니다. 돈은 달리 받지 않습니다. 그냥 부담 없이 맡기셔도 됩니다."

"저, 정말입니까?"

돈을 내지 않아도 된다는 말에 농부가 눈을 크게 뜬다.

돈을 받지 않고도 농기구를 고쳐준다는 것은 전혀 생각해 보지도 않았던 모양이다.

"그럴 게 아니라 고칠 물건이 있다면 지금 주시지요."

"있기야 있다만은……."

농부가 말끝을 흐린다.

돈을 받지 않겠다고 했음에도 선뜻 나서지 못하는 기색이 역력하다.

송현의 짐작대로 무림인에게 하찮은 농기구 수리나 맡겼다가 무슨 화라도 입을까 걱정되고 두려운 것이다.

"아! 저기 도끼가 이가 나갔군요. 이것부터 고치는 것이 어떻겠습니까?"

망설이는 농부의 모습에 송현이 먼저 적극적으로 나섰다.

농부는 차마 안 된다는 말은 못하고, 도끼를 맡길 수밖에 없었다.

그런 식으로 가가호호 모두 송현이 직접 발로 돌았다.

빼앗다시피 한두 개씩 수리가 필요한 물건을 받아왔다.

생각보다 제법 많았다. 또한 수리가 필요한 것은 농기구뿐만이 아니었다.

이 빠진 낡은 부엌칼도 있었고, 깨져 버린 솥뚜껑과 구멍 뚫린 냄비도 있었다.

어쩌다 보니 받아온 물건들은 농기구보다 생필품들이 더 많을 지경이었다.

그래도 상관없었다.

'물꼬를 텄으니까.'

송현과 소구는 아직 마을 사람들에게 신뢰를 얻지 못했다. 또한, 마을 사람들은 송현과 소구가 무림인이란 사실에 어려워하고 두려워한다.

하찮은 하나를 돕기 위해서라도, 물꼬를 트는 것이 중요했다.

'연주도 결국 첫 음이 가장 중요한 법이니까.'

첫 음이 마음먹은 대로 울려야 연주를 무사히 마칠 수 있는 법이다.

특히나 그 배움을 시작하는 악공들은 더욱 그러했다.

첫 음을 무사히 내고 나면, 배움이 짧은 악공들도 서투르게나마 무사히 연주를 완주하고는 했다.

송현이 직접 나서 수리할 물건들을 받아온 것도 그와 같은 일환이다.

"그럼 안녕히 계십시오."

마지막 집을 나서며 송현이 꾸벅 허리를 숙인다.

"아이고! 예! 예! 그, 그럼 살펴 가십시오!"

아낙은 머리가 땅에 닿을 듯 허리를 숙였다.

송현은 발길을 돌렸다.

그러나 얼마 가지를 못해 다시 고개를 돌려 자신이 나온 집을 바라본다.

'여기도…….'

아주 희미하게.

귀를 집중하지 않으면 들리지 않을 만큼 희미한 노래가 들린다.

광릉산의 슬픈 곡조였다.

그것이 어느 순간부터 대문을 들어서면서부터 들려왔다.

비단 방금 나온 아낙의 집뿐만은 아니었다.

수리할 물건을 받으러 집집을 방문할 때마다, 광릉산의 슬픈 곡조가 들려왔다.

대중은 없다.

어느 집은 들렸고, 또 어느 집은 들리지 않았다.

이상한 일이다.

대체 무슨 연유로 대문을 들어서는 순간 광릉산의 슬픈 곡조가 들리는지는 아직 짐작 가지 않는다.

'어쩌면…….'

머릿속에 떠오르는 생각이 하나 있었다.

하지만 송현은 이내 머리를 저어 생각을 털어버렸다.

'그것을 안다 해도 내가 할 수 있는 일은 없으니까.'

지금 송현이 할 수 있는 일은, 자신과 소구가 마을에 절대 해코지하지 않을 것임을 보여주는 일이었다.

깡! 깡! 깡!

소구의 대장간에 담금질 소리가 우렁차게 울려 퍼진다.

철을 다루는 소리는 오전부터 시작해, 밤늦은 새벽까지 계속되다 날이 어스름이 밝아올 때가 되어서야 멈춘다. 그리고 다시 오전 일찍 망치질 소리가 시작된다.

송현은 수리할 물건을 받아 오고, 다시 돌려주는 일을 도맡았다.

순박한 성정과 달리 절로 위압감을 풍기는 소구가 직접 돌아다니기에는 아직 무리가 따른다는 생각에서였다.

무엇보다 말을 하지 못하는 소구이니만큼, 의사소통에서의 불편함도 고려해야 했다.

그래도 이제 매일같이 수리할 물건들을 받아올 수 있었다. 처음에는 망설이고, 마지못해 수리할 물건을 내어주던 주민들도 이제는 선뜻 송현에게 수리할 물건을 내어놓는다.

아직 직접 대장간을 찾아오는 주민은 없었지만, 송현과 소구는 그것만으로도 충분하다 여기고 있었다.

서서히 바뀌고 있다.

'그리고 앞으로도 계속 바뀔 거야.'

그리고 그러한 송현의 믿음은 틀리지 않았다.

송현과 소구가 대장간을 연 지 이레가 되던 날이었다. 마을의 낮은 늘 한산하다.

저마다 자신이 할 일을 하는 시간이니 당연한 일이다.

그때.

한창 밭에 있어야 할 아낙이 잰걸음으로 마을로 돌아왔다.

"아이고, 이를 어쩐담!"

아낙의 얼굴엔 난감한 기색이 역력했다.

그런 그녀의 손엔 날이 부러져 버린 낫이 들려져 있었다.

날이 무뎌지고 군데군데 이가 나갔지만, 그래도 아직은 그런대로 버틸 만했었던 낫이었다.

하지만 오래된 것은 결국은 티가 나게 마련이다.

풀을 베다 돌에 치였는지 날이 비틀려 버렸다. 아직 베어야 할 풀이 한가득인 것을 낫이 망가졌으니 일을 하지 못하게 생긴 판이다.

그냥 휘기만 했다면 어찌 남편을 채근해서라도 고치면 그만인데, 날이 부러져 버렸으니 그럴 수도 없는 노릇이다.

결국 아낙은 소구의 대장간에 물건을 맡길 수밖에 없었다.

그러나 망설임은 아직 가시지 않았는지 차마 대장간 안으론 들어서지도 못하고 그저 밖에서 맴돌며 냉가슴만 앓고 있었다.

송현이 그 모습을 보았다.

"손님이 오셨나 본데요?"

"우어?"

송현의 말에 한창 쇠를 두드리던 소구의 시선이 한쪽을 향했다.

열린 문밖에서 불안한듯 왔다 갔다 하는 아낙의 모습이 소구의 눈에도 비쳤다.

"헤헤!"

직접 찾아온 첫 주민이다.

설렌 마음에 소구가 웃는다.

"다녀오세요."

그런 소구의 모습에 함께 미소 짓던 송현이 말했다.

"우어?"

갑작스러운 그 말에 소구가 무슨 소리냐는 듯 송현을 응시했지만, 송현은 여전히 웃는 낯으로 소구를 재촉할 뿐이었다.

"어서요. 괜찮을 겁니다."

송현은 등을 떠밀다시피 소구를 채근했다.

"에구머니나!"

그 채근을 이기지 못한 소구가 대장간 문밖을 나서자, 아낙이 놀라 털퍼덕 엉덩방아를 찧었다.

"우어?"

놀란 소구가 급히 아낙을 일으키려 했다.

"그, 그것이 그, 그러니까……! 낫! 예! 낫이 부러져서 달리 어디서 고칠 곳도 없고 해서 그래서……. 아이고! 죽을죄를 지었습니다!"

소구의 커다란 덩치가 만들어내는 위압감에 아낙은 지은 죄도 없이 고개를 조아렸다.

"헤헤!"

소구는 웃으며 낫을 받아 들었다.

훌쩍 넘어진 아낙을 일으키고 대장간으로 아낙을 이끌었다.

"어? 어?"

아낙은 당황한 기색이 역력한 채로 소구의 손에 이끌려 대장간 안으로 들어섰다.

"어서 오세요."

아낙이 대장간으로 들어서자 송현은 그제야 모른 척 아낙에게 인사를 건넸다.

"예! 예! 예!"

아낙은 급히 송현에게 허리를 숙인다.

무엇이 어떻게 돌아가고 있는지 당최 영문을 모르겠다는 표정이다.

그러는 사이 소구는 가만히 부러진 낫을 살핀다.

화륵!

그리고는 한 치의 망설임도 없이 용로에 낫을 집어넣어 버렸다.

"에구머니나! 그, 그럴 그렇게 해버리면!"

놀란 아낙이 소리쳤지만, 그것도 잠시다.

이내 소구가 무림인이라는 사실을 떠올렸는지 입을 꾹 다문 채 눈치만 살핀다.

소구의 솜씨는 좋았다.

부러진 날을 용로에 녹이고 다시 담금질해서 붙였다. 숫돌로 새로 날을 갈아 만들고, 낡은 자루도 새로 바꿔 달았다.

그 모든 일을 망설임없이 한 번에 해낸다.

소구가 하는 모습을 보고 있노라면 마치 너무나 간단해 보일 지경이었다.

그렇게 부러졌던 낫이 다시 제 모습을 찾았다.

아니, 전보다 훨씬 좋아진 모습이다.

날은 굽은데 없이 새파랗게 섰고, 새로 갈아 낀 자루는 손에 쥐기 딱 좋은 모습이다.

소구는 송현의 손바닥에 무어라 적었다.

송현은 그 이야기를 대신 아낙에게 전해주었다.

"급한 대로 고친 것이라 많이 부족하대요. 일이 끝나시면 밤에 다시 맡겨 달라고 하시네요."

"이, 이게 그 급히 고친 것이라고요?"

그 말에 아낙이 믿기 어렵다는 듯 되물었다.

오래된 낫이다. 살림이 빠듯한 마당에 낫을 새로 사는 것도, 고치는 것도 부담스럽기만 했다.

그래서 아쉬운 대로 어설프게 고치고, 어설프게 다시 쓰기를 반복했던 낫이다.

소구는 그것을 아무렇지도 않게 뚝딱 고쳐놓았다.

얼핏 살펴보기에도 부러졌던 낫은 전보다 훨씬 좋은 모습이다.

그런데도 소구는 그것을 급히 고친 것이라 했으니, 아낙의 눈이 휘둥그레지는 것이야 어쩌면 당연한 일인지도 몰랐다.

"헤헤—!"

소구는 쑥스러운 듯 머리를 긁적이며 웃었다.

순박한 미소다.

그때가 아낙이 처음으로 소구를 바로 본 날이었다.

*　　*　　*

무엇이든 시작이 어려운 법이다.

소구의 웃음 속에 담긴 순박함 때문이었을까.

아니면 부러진 낫을 뚝딱 고쳐내는 소구의 솜씨 때문이었을까.

처음 아낙이 대장간을 찾은 이후부터, 하나둘 마을 주민들도 대장간을 찾기 시작했다.

이제는 스스로 대장간을 찾아오니, 송현이 직접 발품을 팔아 수리할 물건들을 받아 오는 일도 필요 없어졌다.

"그, 이 곡괭이가 굽기는 굽었는데 당최 펴지지를 않지 뭡니까. 어떻게 좀 부탁드려도……."

아직은 두려움이 남아 있는 탓인지 농부의 말끝이 흐려진다.

"헤헷!"

소구는 웃었다.

그리고는 크게 고개를 끄덕인다.

"아! 감사하오! 하면 언제쯤이면 다시 찾아오면 되겠습니까?"

소구의 웃음에 농부의 얼굴에 화색이 돈다.

소구는 손가락 네 개를 펼쳐 보였다.

"나, 나흘이나 걸린단 말입니까?"

"우우!"

그러자 이번엔 소구가 고개를 젓는다.

"네, 네 시진?"

끄덕끄덕.

그제야 소구가 고개를 끄덕였다.

그러고도 부족하다 여겼는지 송현을 불러 손바닥 위에 무언가 적는다.

부족한 말을 대신 전해달라는 의미였다.

"굽어진 것을 피는 것은 네 시진이면 충분하다고 합니다. 하지만 워낙 오래된 물건이라 나중에 다시 시간을 내야 할 것 같다는군요. 한번 녹였다가 다시 단조하는 편이 낫다고 하네요. 그때는 아마 사흘쯤 걸릴 거라 합니다."

"아이고! 그게 어딥니까. 그럼 부탁드리겠습니다."

농부가 고개를 꾸벅 숙인다.

그렇게 농부가 굽어진 곡괭이를 맡기고 대장간을 나선다.

"이제 저 없어도 잘하시는군요."

"우우!"

웃는 송현의 말에 소구가 고개를 절레 젓는다.

산촌 사람들이다 보니 글을 익힌 이들이 적었다. 간단한 의사소통은 몰라도, 자세한 이야기는 송현이 없으면 아무래도 나누기 곤란한 것은 사실이었다.

소구는 그것을 이야기하는 것이다.

"그것도 차근차근 늘고 있잖아요."

말은 통하지 않지만, 손짓 몸짓으로 그 뜻이 통하고 있었다. 마을 사람들이 찾아오는 숫자만큼 소구와 마을 사람들의 대화도 점점 더 서로에게 익숙해져 가고 있는 것이다.

위압감을 내뿜는 덩치 때문에 마을에서도 유독 겉돌았던 소구를 생각한다면 그야말로 장족의 발전이라 할 수 있었다.

그리고 그것은 사실이었다.

그 뒤로 마을 사람들과 소구가 대화를 나눌 때에 송현이 곁에서 말을 전해줘야만 하는 경우는 없었다.

이제 소구 스스로 마을 사람들을 대할 수 있게 된 것이다.

기뻐해야 할 일이다.

송현 또한 그것을 바라고 계속해서 소구가 마을 사람들을 맞이하도록 한 것이기도 했다.

하지만 이제는 조금 시원섭섭해져 버렸다.

'결국 나만 아무것도 하지 않는구나.'

사십구재의 매 칠 일째마다 의식에 필요한 연주를 도맡고 있지만, 그것을 제외한 나머지 날들은 그저 이렇게 대장간 한 편에 앉아 소구를 구경하는 것이 전부였다.

소구가 마을 사람들에게 도움을 주는 것과는 상반된 모습이다.

음의 길을 걸음을 후회한 적은 없었건만, 음으로도 도움이 되지 못하는 것이 있음에 아쉬움을 느꼈다.

"무인이 되어라. 그땐 임무를 주지."

문득 진우군의 말이 떠오른다.

'무인이 되라는 의미는 무엇일까.'

자신이 할 일이 없음을 깨닫는 순간 그 말이 떠올랐다.

그 말 그대로 악사가 아닌 무인이 되라는 뜻일 것이다.

단호하고, 강하고.

필요하다면 얼마든지 냉정해져야 하는 사람.

'하지만 그건 악사인 나는 필요 없다는 의미이기도 하겠지.'

무인이 아닌 악사이기에.

진우군은 송현을 필요치 않은 짐이라 여기는지도 몰랐다.

"풍운조화를 부린다. 극음과 극양의 기운을 함께 부린다. 가락을 읽어 상대의 수를 읽는다. 좋다. 한데 그것들이 무슨 소용이지?"

그 또한 송현이 자신들에게 아무런 도움도 되지 않음을 이야기하고 있었다.

진우군의 그 말이 송현을 무겁게 짓눌렀다.

충동이 일었다.

"혹시 저도 소 형처럼 쇠를 다룰 수 있을까요? 많이 어렵겠죠?"

조심스러운 질문.

그런 송현의 질문에 소구가 망치질을 멈춘다.

"우우!"

손짓으로 송현을 불렀다. 그리고는 송현의 손바닥 위에 글씨를 적는다.

도와주시겠어요?

"헤—"

소구가 순박한 웃음을 지어 보였다.

*　　*　　*

쇠를 다루는 일은 단조로운 듯하면서도 섬세한 일이다.

쇠를 달구는 온도, 담금질하는 망치질의 힘과 속도. 그리고 방향.

모든 것을 신경 써야 하고, 세심히 주의를 기울여야 한다.

대장간은 용로의 열기로 뜨겁게 달아올랐다.

땅─! 땅─! 땅!

그 속에 두 개의 망치질 소리가 교차하며 울려 퍼졌다.

담금질하는 소구의 옆에 송현도 함께 쇠를 두드리고 있었다.

'쉬운 일이 아니구나!'

첫날은 앓아누워야만 했다.

하루 종일은커녕 반 시진 동안 쇠를 두드리는 것만으로도 어깨가 빠질 듯이 아팠다.

밭을 가는 것과는 또 다르다.

하지만 포기하지 않았다.

그리고 사흘쯤이 되니 송현도 어느 정도 담금질을 할 수 있게 되었다.

소구와 같이 능숙한 몸놀림은 아니었지만, 적어도 반 시진 만에 나가떨어지지 않을 정도는 되었다.

'쉬운 일은 아니지만 이 속에도 가락이 있구나.'

무작정 힘으로 두드린다고 능사가 아님을 알았다.

처음에는 소구의 가락을 흉내 냈었다. 가락을 읽고 다루는 재주를 가졌으니 그것은 그리 어렵지 않았다.

하지만 그것은 소구의 가락이지, 송현의 가락이 아니었다.

반 시진을 버티던 것을 한 시진을 버티는 것으로 늘리는 것이 전부였다.

그렇게 하루에도 몇 번씩 잠시 쉬었다가 담금질을 하기를 반복했다.

그 속에서 송현은 자신 나름의 가락을 찾았다.

그때부터는 몸은 지치지만, 금방 나가떨어지지는 않았다.

'쇠의 가락과 망치의 가락, 그리고 나의 가락이 조화를 이루어야 돼.'

계속된 시행착오 끝에 얻은 송현의 깨달음이다.

그 깨달음은 틀리지 않았다.

소구조차도 송현의 배움이 빠르다 놀랄 정도였으니 말이다.

그렇게 한 번 요령을 터득한 이후로는 송현의 실력은 하루가 다르게 성장해갔다.

화륵!

용로에 삽 머리를 집어넣는다.

용로 속에서 흘러나오는 가락을 읽었다.

'너무 오래 달구게 되면 녹아서 쇳물이 되어버려. 반대로 너무 빨리 빼버리면 쇠가 충분히 녹질 못해.'

귀에 정신을 집중한다.

'지금!'

그리고 원하는 소리가 들려오자 넣었던 삽 머리를 빼어다가 망치로 두드린다.

쇠와 망치 용두. 그리고 송현의 몸짓까지.

마치 합주를 하듯 가락들을 한데 모아 조화를 일으킨다.

어느 것은 작고, 어느 것은 크다. 또 어느 것은 빠르고 어느 것은 느리다.

하지만 큰 것이 작은 것을 잡아먹지 않게 하고, 빠른 것이 느린 것을 두고 가지 않게 했다.

장점을 살리되 그것들이 제멋대로 날뛰지 않게 조절한다.

그렇게 소리가 하나로 합해진다.

땅—! 땅! 땅—!

담금질하는 소리가 경쾌하게 울려 퍼졌다.

그 소리가 마음에 들었는지 송현의 입가에도 웃음이 번진다.

'어쩌면 나중에는 밭을 갈았을 때처럼 될 수 있을지도 모르겠구나.'

한 번의 곡괭이질로 밭을 갈았다.

그와 마찬가지로 한 번의 망치질로 담금질을 다할지도 모른다.

그러나 송현은 섣불리 그것을 시도하지는 않았다.

아직 스스로 쇠를 다루는 섬세함은 모자람을 알기 때문이었다.

* * *

사십구재가 벌써 반이 지나간다.

송현과 소구가 마을에 머문 지도 벌써 스무날이 되어간다.

이제 마을 사람들 중 누구도 소구와 송현을 경계하거나 무서워하지 않는다.

스스럼없이 인사를 건네고, 때로는 농을 건네기도 한다.

송현은 자신이 도움될 수 있는 일이 있음에 기뻐하고, 쇠를 다루는 일 속에서 또 다른 음을 찾았다는 사실에 즐거워했다.

그러다 보니 정작 중요한 것을 놓쳤다.

사십구재의 스무날.

세 번째 제를 지내기 바로 전날이 되어서야 송현은 그것을 깨달았다.

"아이고! 바쁜데 수고가 많으십니다! 그럼 저는 먼저 들어가 보겠습니다."

부러진 연장을 맡기러 왔던 주민이 웃는 얼굴로 인사를 건네며 대장간을 나선다.

고개를 들어 보니 어느덧 해가 서쪽으로 기울고 있었다.

본디 산중의 밤은 일찍 찾아오는 법이라 했다.

"저희도 이쯤 하고 잠시 쉬는 건 어떨까요? 저녁도 식사도 해야 하니까 말입니다."

송현이 먼저 망치를 내려놓고 말했다.

끄덕끄덕.

소구도 고개를 끄덕이며 망치를 내려놓았다.

연장을 정리하고, 용로가 꺼지지 않게 살핀다. 그리고 소구가 하는 일이 또 하나 있다.

바로 대장간 여기저기에 걸어놓은 많은 유등에 불을 밝히는 일이다.

송현은 그것이 의문이었다.

아무리 소구가 어둠을 싫어한다고 해도, 용로까지 타오르는 대장간에서 이처럼 많은 유등을 켠다는 것은 지나치다 싶을 정도였다.

더욱이 그러고도 소구는 잠을 자는 것을 꺼린다.

밤새 잠에 들지 않고 쇠를 두드린다. 그리고는 어스름이 새벽 해가 밝아 오는 때가 되어서야 잠깐 눈을 붙이는 수준이다.

"대체 왜 이렇게 많은 유등을 밝히십니까? 잠은 또 왜 새벽이 되어서야 주무시는 것입니까?"

내내 품어왔던 의문을 던진다.

소구는 소리 없이 웃었다.

그리고 송현의 손바닥 위에 글자를 적는다.

어둠이 무서워서요. 어둠은 너무 싫어요.

손바닥 위로 적히는 글자.

"대체 무슨 일이 있었기에 그렇게까지……."

끝끝내 억눌러왔던 의문을 던진다. 그것은 처음 소구가 어두운 것을 싫어한다는 주찬의 설명을 들었을 때부터 가졌던 의문이었다.

다만 혹여 그 질문이 실례가 될까 지금껏 참아왔었을 뿐이다.

"헤—"

송현의 물음에 소구는 그저 웃을 뿐이었다.

그렇게 의문이 풀리지도 않은 채 대장간을 나섰다.

문을 단속하지는 않는다.

소구가 싫어하는 것들 중 하나는 어둠이고, 또 하나는 답답한 공간에 있는 것이다.

때문에 대장간은 소구가 있을 때나 없을 때나 늘 문을 활짝 열어놓고 있었다.

그러니 유등을 켜는 데에만 시간이 걸렸을 뿐, 대장간 밖으로 나가는 데에는 그리 많은 시간이 걸리지 않았다.

늘 그렇듯 효평의 집에서 저녁을 해결할 심산이었다.

그런데 마을의 분위기가 심상치가 않다.

여기저기 젊은 장정들이 뛰어다닌다. 얼굴에는 조급함이 가득하다.

그 의문을 풀어준 것은 효평이었다.

무엇이 그리 급한지 효평은 송현과 소구가 곁을 스쳐 지나가는지도 모른 채 노구를 이끌고 어디론가 가고 있었다.

"어르신! 어딜 그리 급하게 가십니까?"

급히 걸음을 옮기는 효평을 붙잡은 것은 송현이었다.

주름진 얼굴 가득 식은땀을 흘리던 효평은 크게 숨을 들이쉬고 이내 깊은 한숨을 내쉬었다.

"효윤이가! 효윤이가 사라졌습니다!"

절박함이 담긴 호소였다.

제7장
절애화(絶哀火)

樂武林

달렸다.

그러나 왜 이렇게 느리기만 한지 스스로 답답하기만 했다. 산을 오르고 수풀을 헤친다.

귀는 활짝 열어두고 사방에 들려오는 작은 소리도 놓치지 않으려 애썼다.

그런 송현의 손에는 수리를 부탁했던 인두가 들려져 있었고, 그의 곁에는 등 뒤로 방패를 멘 소구가 함께하고 있었다.

인두는 무림맹에 두고 온 검을 대신하기 위함이었고, 소구는 그의 추종술을 빌리기 위함이었다. 아니, 소구 스스로 가장 먼저 효윤을 찾는데 앞장서고 있었다고 하는 편이 맞을 것이다.

송현의 표정만큼이나, 순박하기만 했던 소구의 얼굴 또한 무섭게 굳어 있었다.

"제 형을 그리 보내는 것이 마음에 들지 않았나 봅니다. 오전에 한바탕 생떼를 쓰더니 나가버렸지요. 그 어린아이가 가봐야 어딜 갈까 싶어 내버려 두었는데, 해가 저물어 가도록 안 보이는 것이 아닙니까. 지금 당장 마을 사람들이 함께 찾겠다 나서 주었으나……. 혹여나 또……."

걱정이 가득한 효평의 말이 귓가에 맴돈다.

'인견왕!'

송현의 눈에 푸른 귀화가 번뜩였다.

이미 인견왕에 의해 아이를 잃은 경험이 있는 마을 사람들이다. 그러니 해가 저물어 가도록 모습이 보이지 않는 효윤의 일에 심장이 덜컥 내려앉는 것은 당연한 일이다.

심지어 송현마저도 효평과 같은 걱정을 가장 먼저 하고 있었다.

또다시 이 마을에 인견왕이 나타난 것일지도 모른다는 걱정 말이다.

그 때문에 마음이 조급해졌다.

소구 또한 송현과 같은 생각인지 앞장서서 방패를 챙겨 들고 효윤의 흔적을 좇았다.

다행히 마을을 벗어나 산에 접어든 지 얼마 되지 않아서였다.

언뜻 송현의 귓가로 무언가 소리가 들렸다.

먼 곳이다. 희미하지만 익숙한 소리였다.

효윤의 소리다.

걸음을 멈춘 송현은 길게 한숨을 내쉬었다.

"찾았습니다. 그런데……."

*　　*　　*

"아빠도, 엄마도, 할아버지도 다 바보야!"

좁은 토끼 굴에 몸을 웅크린 효윤은 뾰족 입술을 내밀었다.

산속의 밤은 일찍 찾아오는 법이다.

어느새 굴 밖에는 깜깜한 어둠이 내려앉아 있었다.

토끼 굴만큼이나 어두운 밤이다.

효윤은 무서운 마음을 떨치듯 더욱 강하게 무릎을 잡아당기며 몸을 둥글게 말았다.

효윤의 두 눈엔 고집이 가득했다.

"형아가 돌아온다고 약속했단 말이야. 여기서 기다리면 금방 돌아올 거라고 그러니까 조용히 있으라고 했단 말이야."

스스로에게 다짐하듯 되뇐다.

효균이 사라졌던 날.

효윤과 함께 도망치던 효균은 효윤을 이 토끼 굴에 밀어넣었다.

앞으로 작은 침엽수가 자라고 있어서 보통 사람들은 보지 못하고 지나치는 곳이다.

이 토끼 굴은 효균만 알던 비밀장소였던 셈이다.

그리고 효균은 자신이 아는 가장 안전한 장소를 동생인 효윤에게 양보했었다.

무섭다고, 효균을 따라가겠다고 애쓰던 효윤에게 효균이 했던 약속이다.

효윤은 형과의 약속을 지켰다.

무서웠지만 혼자 꿋꿋이 이 토끼 굴에 숨어 있었고, 울고 싶었지만 꾹꾹 참아, 숨소리조차 내지 않았다.

형을 믿었고, 형과의 약속을 믿었다.

그렇기에 효윤은 자신이 약속을 지켰던 것처럼 형인 효균 또한 약속을 지킬 것이라 굳게 믿었다.

늘 다투던 형이었지만, 효윤에게 있어서 효균은 세상에서 유일하고 가장 든든한 형이었던 것이다.

"모두 바보야! 형은 안 죽었는데 전부 죽었다고 해. 형아가 돌아오면 다 이를 거야! 그리고 그 아저씨들은 모두 거짓말쟁이야. 그것도 다 형아 돌아오면 다 이를 거야!"

자신의 믿음이 틀리지 않았다고 효윤은 그렇게 믿고 있었다.

그래서 싸웠다.

죽지 않은 형을 죽었다고 제사까지 지내려 하니 그것이 마음에 들 리 없다.

그때였다.

들썩!

굴을 가린 침엽수의 가지가 움직였다.

내내 꿍해 있던 효윤의 얼굴에 화색이 돈다.

"형이다!"

효균이 돌아왔다. 정말 약속대로 토끼 굴에서 기다리고 있으니, 형이 돌아온 것이다.

효윤은 그렇게 믿고 밝게 소리쳤다.

그런데.

크르르르.

형의 목소리가 이상하다.

침엽수 사이로 보이는 저 너머에는 밤중에도 반짝이는 두 개의 무언가가 있었다.

"귀, 귀신이야? 혀, 형이지? 장난치는 거지? 지금 형이 효윤이 놀리려고……. 악!"

크왕!

짐승의 울음소리와 함께 침엽수 가지 속으로 무언가 쑥 들어왔다.

형이 아니었다.

형과는 달리 뻗어 들어온 팔에는 가시처럼 빳빳한 털들이 가득했다. 짧은 형의 손톱과 달리 굴속으로 들어온 그것의 손톱은 길고 날카로웠다.

"악!"

효윤이 비명을 지르며 몸을 물린다.

다행히 본능적으로 몸을 뒤로 뺀 덕에 큰 상처는 없었다. 하지만 효윤의 그 비명이 오히려 굴 밖의 그것의 흉성을 일깨운 듯했다.

크르르릉!

굵은 으르렁거림과 함께 침엽수림 속으로 불쑥 머리가 들어왔다.

왕!

큰 송곳니로 효윤의 목을 물려고 했지만, 침엽수의 가지에 걸려 미수에 그치고 말았다.

하지만 효윤의 몸은 이미 사시나무처럼 떨리고 있었다.

"느, 늑대! 형! 형! 무서워 형!"

형이라 생각했던 것은 늑대였다.

숲에 밤이 내렸으니, 늑대도 사냥을 시작해야 할 때였다. 그런 늑대에게 있어 효윤은 아주 좋은 먹잇감이나 다름없었다.

효윤은 그 와중에도 형을 부르고 있었다.

딱딱딱딱!

입이 떨리며 부딪친다.

두 눈엔 이미 공포로 가득 물들어 있었다.

누런 이를 드러내고 얼굴을 굴속으로 밀어 넣은 늑대의 이빨은 금방이라도 효윤의 몸에 닿을 것만 같다.

그때였다.

"소 형!"

형의 죽음을 알린 송현이란 사람의 목소리가 들려왔다.

"우어어!"

그리고 곰과 같은 울음소리가 뒤따랐다.

캐캥!

곰의 울음소리가 들리는가 싶더니 굴속으로 거의 다 밀어 넣었던 늑대의 머리가 다시 굴 밖으로 빠져나갔다.

늑대가 머리를 밀어넣느라 벌어진 침엽수 가지 사이로 하늘 높이 떠올랐다가 땅으로 패대기쳐지는 늑대의 모습이 보인다.

그리고 달빛에 비친 두 사람의 그림자가 효윤의 머리 위로 드리웠다.

송현과 소구였다.

'늦지 않게 도착해서 다행이야.'

송현은 속으로 안도의 한숨을 내쉬었다. 그리고 고개를 돌려 정면을 바라본다.

굴속으로 머리를 밀어넣었던 것은 한 마리였지만, 기실 효윤을 노리는 늑대는 한 마리가 아니다.

열다섯.

송현과 소구. 그리고 효윤을 둘러싼 늑대 열다섯이나 된다. 늑대 무리 전체가 효윤을 먹잇감으로 삼으려 했음이다.

"우어어어!"

소구는 성난 곰처럼 날뛴다.

쾅!

커다란 방패를 휘둘러 달려들던 늑대의 척추를 바스러뜨렸다. 그리고는 큰 주먹으로 늑대의 머리를 내려쳐 터뜨린다.

하얗게 눈을 까뒤집고 온몸 줄기줄기 내력을 뿜어내는 소구의 모습은 보는 것만으로도 공포에 질리게 만들기 충분했다.

한편으로는 그런 소구의 정상적이지 않은 모습에 송현은 걱정했다.

하지만 지금은 눈앞의 늑대 무리를 처리하는 것이 우선이다.

크왕!

날뛰는 소구를 피해 우회한 늑대 한 마리가 송현을 향해 달려들었다.

푸욱!

송현은 피하지 않았다.

송현이 피하는 순간 효윤은 늑대와 마주하게 된다.

대신 손에 든 인두 끝을 내밀어 달려들던 늑대의 목을 꿰뚫어버렸다.

비록 소구와 같이 무지막지한 신력을 발휘할 수도, 빠른 움직임을 보일 수도 없지만, 송현에게는 가락이 있었다.

스스로 으르렁거리는 소리를 노출한 늑대의 가락을 읽는 것은 송현에겐 너무나 쉬운 일이었다.

크륵!

목을 꿰뚫린 늑대가 가래 섞인 소리를 내며 송현의 팔을 물기 위해 발버둥쳤다. 그러나 그것도 잠시이다.

이내 늑대는 힘없이 축 늘어졌다.

송현은 팔을 휘저어 목이 꿰뚫렸던 늑대를 내던졌다.

그리고 광릉산의 곡조 속에서 분노를 좇는다.

화륵!

불꽃이 타오르고, 송현의 두 눈에 귀화가 어린다.

저벅. 저벅. 저벅.

송현이 앞으로 걸어나갔다.

크르르르륵!

오랜만에 찾은 사냥감을 놓치기 싫다는 듯 소구의 신위에도 물러설 생각을 하지 않던 늑대들이 뒷걸음질 쳤다.

머리를 낮게 숙이고, 꼬리를 말아든다.

큰 송곳니를 드러내고 서늘한 갈색 눈동자로 송현을 노려보지만, 그뿐이다.

투두둑.

어느새 인두가 붉게 달아올라 녹아내리기 시작했다.

"……."

송현은 말없이 늑대들을 응시했다.

하지만 그것만으로도 사위가 침묵으로 짓눌리는 듯했다.

혼견을 움츠리게 하였던 존재감이다.

늑대 따위가.

아니, 야생을 살아가는 늑대이기에 그 존재감은 더욱 크고 선명하게 느끼고 있을 것이다.

굳게 닫혔던 송현의 입이 열렸다.

"이 산을 떠나. 지금 당장!"

늑대가 자신의 말을 알아들을지 그렇지 않을지는 생각하지 않았다.

그것은 송현으로의 마지막 경고였다.

효윤이 크게 다칠 뻔했다. 아니, 목숨이 위험한 일이었다.

그것이 화가 났다.

단지 효윤이 어린아이이기 때문인지. 아니면 효윤이 송현의 눈앞에서 죽어간 그의 형 효균의 동생이기 가지는 죄책감인지는 모른다.

그저 지금 이 순간 화가 났다.

소구와 같이 날뛰고 싶지만, 그럴 수는 없다.

자칫 분노에 취해 마성에 젖어들면 누가 자신을 말려 줄지 알 수가 없다.

송현은 터질 것 같은 분노를 강하게 억누르고 있었다.

크르르릉!

늑대 무리가 동시에 으르렁거린다.

고개를 더욱더 낮추고 뒤로 한발 물러섰지만, 떠나지는 않는다.

'이 산에 있는 늑대가 아니야.'

그랬다면 효평은 효윤이 늑대 무리에게 당하지 않을까 걱정해야 했다. 그러나 효평이 걱정했던 것은 효윤이 그의 형처럼 또다시 인견왕에게 납치당하는 것은 아닌지를 걱정했을 뿐이다.

다른 산에 둥지를 틀고 있는 늑대들이다.

아마 허기를 참지 못하고 원정을 나섰을 것이다. 그렇기에 먼 길을 나서 어렵게 찾은 먹잇감을 눈앞에 두고 곱게 물러설 수 없으리라.

"후-!"

송현은 한숨을 내쉬었다.

혹여나 피를 보게 되면 억눌러왔던 분노를 제어하지 못할까 걱정되어 했던 경고일 뿐이다.

늑대 무리가 그 뜻을 알아들었든, 그렇지 못했든 이제는 상관없다.

쿠-웅!

한 발을 내디뎠다.

묵직한 한 발에 대지는 지진이라도 난 듯했다.

그리고 바닥에 떨어진 나뭇가지와 크고 작은 돌들이 공중으로 치솟았다.

후웅-

공명이 울리고 송현이 붉게 달아오른 앞으로 내뻗었다.

파공성과 함께 인두가 손 안을 벗어난다.

비단 인두뿐만이 아니었다. 떠오른 모든 것이 송현의 의지에 따라 움직인다.

또한 붉게 불타오르고 있다.

마치 유성우가 내리는 것처럼 그것들은 모두 늑대를 향해 쏘아졌다.

퍼석!

붉게 달아오른 인두가 가장 선두에 섰던 늑대의 두개골을 부수고 지나갔다.

피는 나지 않는다. 붉게 달아올랐던 인두의 열기는 피를 쏟아내는 혈관마저 태워 버린 탓이다.

나머지도 마찬가지다.

삽시간에 숲 한쪽이 불바다가 되고, 죽은 늑대의 사체만이 가득했다.

송현의 시선이 날뛰던 소구를 향했다.

"이제 되었습니다. 그만하세요."

우뚝!

방금 전까지 정신을 잃은 듯 폭주하던 소구의 움직임이 멈췄다.

마치 오래된 경첩이 돌아가는 것처럼 뻣뻣하게 소구의 고개가 송현을 향했다.

새하얀 흰자를 드러낸 눈.

송현은 그 눈을 피하지 않고, 담담히 받아냈다.

눈동자가 서서히 제자리를 찾는다. 사납게 뿜어져 나오던 소구의 내력도 어느새 제자리를 찾아 갈무리되어 갔다.

성난 곰과 같이 일그러졌던 소구의 표정도 이내 풀어지고, 안도감이 깃들었다.

"헤—"

소구가 웃는다.

"괜찮으십니까?"

끄덕끄덕.

송현의 물음에 소구가 웃으며 고개를 끄덕였다.

온통 늑대의 피로 뒤집어 쓴 모습과 순박한 미소를 짓는 소구의 표정이 묘한 대조를 이룬다.

송현은 그제야 안심했다는 듯 몸을 돌려 효윤을 살폈다.

그런 송현을 바라보는 효윤의 몸은 늑대에게 생명의 위협을 느꼈었던 때와 같이 떨리고 있었다.

"어디 다친 곳은 없어? 괜찮은 거야?"

다정한 목소리.

그 목소리가 송현이 만들어 내었던 위압감을 모두 씻어내 버린다.

잔뜩 겁먹었던 효윤의 표정도 풀어져 버렸다.

효윤은 송현의 품에 달려들 듯 안겼다.

"우아아앙! 나, 나는 형을… 그냥 형을 기다린 것뿐인데……. 형이 약속했으니까……. 형은……."

울음을 터뜨렸다.

두서없는 말에는 짧은 시간 느낀 공포와, 형이 돌아온 것이라 여겼던 기대와 실망이 한데 뒤엉켜 있었다.

어쩌면 효윤은 늑대를 마주한 그 순간, 인견왕을 만났던 그때와 같은 공포를 느끼고 있었는지도 모른다.

"괜찮아. 이제 괜찮아."

송현은 그런 효윤의 등을 차분히 다독여 주었다.

휘파람 소리가 밤중에 울려 퍼진다.

잔잔한 휘파람 소리는 자장처럼 달콤하다.

송현과 소구, 그리고 효윤이 길을 걷는다.

놀란 효윤을 진정시키기 위해 시작했던 휘파람에 효윤은 잠이 들었다.

넓은 소구의 등에 얼굴을 파묻고 잠에 든 효윤의 두 뺨엔 눈물 자국이 선명하다.

"헤헷!"

어둠을 싫어하는 소구가 밤중에 길을 걸음에도 웃는다.

즐거워 보인다.

그 모습에 송현이 물었다.

"어둠이 싫으시다 하지 않으셨습니까?"

끄덕끄덕.

소구가 고개를 끄덕였다.

"한데 오늘은 기분이 좋아 보이십니다."

소구가 송현의 손바닥 위에 글씨를 적는다.

혼자가 아니니 괜찮아요.

"헤—"

소구가 웃었다.

그리고는 자세를 추슬러 효윤이 곤히 잠들 수 있게 했다.

*　　*　　*

인간이 받아들일 수 없는 현실에 부딪혔을 때.

가장 먼저 인간은 부정한다. 그다음엔 분노하고, 또 그다음엔 흥정하려 하고 슬퍼한다. 그다음에서야 현실을 수긍할 수가 있다.

교방에서 지내던 시절 책에서 본 내용이다.

송현은 그것을 확인했다.

놀란 마음을 겨우 진정시키고 곤히 잠들었던 효윤이 잠에서 깬 것은 집에 거의 당도했을 때였다.

소란은 그때부터 시작되었다.

쿠당탕!

잡동사니가 날아다닌다.

목검, 목마. 그 밖의 장난감과 옷가지들.

효윤이 밤늦도록 집에 돌아오지 않은 것도 모자라, 큰 위험을 당할 뻔했다는 사실에 그의 아비가 분노한 것이다.

송현은 처음에 그것들이 효윤의 물건들이라 생각했다.

하지만 아니다.

효균의 것이다. 또한 효윤과 함께 가지고 놀던 장난감들이었다.

"죽었다지 않아! 이 녀석아! 언제까지 그러고 떼만 쓰고 있을 거냐!"

성난 효윤의 아비의 고함 소리가 대문 밖을 넘는다.

효윤은 부정했다.

"아니야! 형은 안 죽었어! 돌아오겠다고 나랑 약속했단 말이야! 형은……. 형은 안 죽었는데……. 아빠 바보!"

받아들이기 어려운 현실과 마주쳤을 때 인간이 보이는 가장 첫 번째 반응이다.

"이놈이!"

효윤의 반응에 그의 아비는 더욱 무섭게 성을 냈다.

집안 구석구석 효균의 흔적이 남아 있는 물건들을 찾아내 마당에 집어던진다.

술이 과해 취기가 오른 것일까.

그래서 이처럼 화를 내는 것일까.

아니다. 그런 것치고는 효균의 흔적들이 남아 있는 물건들을 찾아내 버리는 그의 행동거지와 목소리는 너무나 또렷하고 정확했다.

더욱이 이상한 것은 누구도 그런 그의 행동을 말리지 않는다는 점이다.

효평은 참담한 눈으로 그 모든 광경을 지켜볼 뿐이었고, 효윤의 어미는 한발 물러서 그저 소맷자락에 눈물만 찍어낼 뿐이었다.

"이잇! 하지 마! 하지 말라고 이 바보야! 아빠 미워! 바보!"

효윤이 떼를 쓰며 조막만 한 손으로 아비를 팔을 붙잡고, 때리고, 발로 찬다.

어린 효윤이 매달리고 때리고 발로 찬다 한들 그것이 얼마나 아프고, 얼마나 저지할 수 있겠는가.

그러나 그것은 분명 분노였다.

어린 마음에 마음처럼 되지 않는 현실에 효윤은 제 아비를 노려보고 화를 내고 있었다.

"놓아라! 오냐! 네가 아직도 떼를 쓴다면 어쩔 수 없지! 내 이것들을 모두!"

효윤을 떨쳐낸 그의 아비가 부엌으로 달려간다.

그리고는 불붙은 나무 부지깽이를 들고 튀어나왔다.

'저런!'

송현은 단번에 그의 의도를 알아차렸다.

마당 위에 던져 놓은 효균의 물건들.

그는 그것을 모두 불태워 버릴 심산인 것이다.

'말려야 해!'

지금껏 효윤의 가정사라 여기며 한발 물러서 있었던 송현이다.

하지만 이제는 마냥 지켜볼 수만은 없었다.

비록 남이지만 죽은 효균의 물건들이 어떤 의미를 가지는지는 송현도 알고 있었다.

"그, 그만……."

"지켜보시지요."

송현이 그를 말리려 나서려던 때에.

침중한 표정으로 이 모든 일을 지켜보고 있던 효평이 송현의 팔을 붙잡았다.

나지막한 목소리로 송현을 말리고 조용히 고개를 내젓는다.

"대체 왜 지켜보라 하십니까?"

"저놈이야 어디 저것이 좋아서 하는 일이겠습니까. 정을 떼려면 이렇게라도 하는 수밖에요."

효평의 얼굴에 슬픈 미소가 어린다.

송현은 망치로 머리를 한 대 맞은 듯 눈앞이 어질했다.

'정을 떼다니? 설마?'

그사이 효윤이 효균의 앞에 무릎을 꿇고 닭똥 같은 눈물을 줄줄 쏟았다.

여린 손은 발이 되도록 싹싹 빈다.

말로 해도 안 되고, 화를 내도 안 된다. 힘으로 어떻게 말릴 수도 없다.

그러니 어린 효윤이 할 수 있는 일은 단 하나뿐이었다.

"아빠 미안! 내가 잘못했어! 형 이야기 안 할게! 응? 미안! 응? 그러지 마라! 어? 제발! 형아 물건 태우지 마! 내가 잘할 테니까. 그러니까……."

홍정이다.

홍정을 통해 받아들일 수 없는 현실을 덜어보려는 것이다. 그리고 그것은 인간이 받아들일 수 없는 현실을 마주했을 때 취하는 세 번째 단계였다.

"저리 비켜라!"

그러나 효윤의 아비는 그런 효윤의 모습에도 아랑곳하지 않았다.

앞을 가로막은 효윤을 팔로 밀어버렸다.

화륵!

그리고는 마당 위에 던져 놓은 효균의 물건들 위로 불을 던져 넣어버렸다.

"아, 안 돼! 이, 이거 놔! 아빠, 이거 놔! 불 꺼! 형아 건데! 우리 형아가 좋아하는 건데! 흑! 흐극! 우아아아앙!"

효균의 유품에 붙은 불을 끄기 위해 달려들었지만, 그마저도 그의 아비에 의해 저지당했다.

아비의 팔에 붙잡힌 효윤은 결국 눈물을 터뜨렸다.

통곡했다.

어린 마음에 가슴에 쌓인 것은 또 왜 그렇게 많은 것인지, 효윤의 울음소리는 크고 서글펐다.

털썩 바닥에 주저앉아 뜨겁게 타오르는 불길 앞에 눈물을 쏟아낸다.

"흐끅! 끅! 끄윽!"

얼마나 울었을까.

진이 빠진 것인지, 충격을 다 이기지 못한 것인지는 모른다.

울음을 터뜨리던 효윤의 숨소리가 거칠어졌다.

"위험합니다!"

효평의 만류에 말없이 이 모든 광경을 지켜보아야 했던 송현이 끝내 참지 못하고 소리쳤다.

심각한 송현의 시선이 효윤을 향한다.

'숨소리가 이상해.'

당장에라도 숨이 넘어가도 이상할 것이 없다.

효윤의 숨소리들은 송현의 느낌이었다. 그 불길한 느낌이 앞으로 나섰지만, 이미 늦은 이후였다.

"크륵륵!"

가래 끓는 소리와 함께 효윤이 고개가 팩 하고 힘없이 늘어져 버린다.

맑은 두 눈은 까뒤집은 채 새하얗다.

"아가!"

한쪽에 물러서 소맷자락에 눈물만 찍어내며 이 모든 광경을 참고 지켜보았던 효윤의 어미도 더 이상 그냥 지켜만 볼 수는 없었다.

눈물로 번진 얼굴로 급히 쓰러진 효윤을 향해 달려가 품에 안는다.

"아가야! 엄마야. 엄마. 응? 눈 떠봐야지. 자. 우리 효윤이 착하지?"

어미는 효윤을 품에 안고 흔들었다.

첫 아들을 잃었다. 그 사십구재가 끝나기도 전에 마지막 남은 둘째 아들마저 잃을까 두려워한다.

"혼절한 것입니다. 잠시 호흡이 거칠어졌었지만, 다행히 지금은 정상입니다. 그래도 혹시 모르니 빨리 안으로 들이세요."

송현이 효윤의 상세를 살핀 후 조용히 아낙을 안심시켰다.

제대로 된 의술을 익힌 것은 아니지만, 송현은 소리를 듣는다.

다행히 걱정했던 효윤의 호흡은 정상으로 돌아왔고, 심장 고동도 빠르긴 했지만, 위험한 수준은 아닌 듯했다.

송현의 충고에 부부가 혼절한 자식을 안고 방으로 들어갔다.

송현은 몸을 돌려 불타고 있는 효균의 유품 더미를 응시했다.

온전한 것이 없다.

목검과 목마는 이미 반 이상이 재가 되어버렸고, 효균이 입었을 옷가지는 이미 다 타서 재가 되어버린 지 오래다.

저벅.

타오르는 불길을 향해 한 걸음 앞으로 걸어 나아갔다.

사륵!

그리고 팔을 휘젓는다.

"허! 무림인이라 하시더니! 과연 무림인들은 저희 같은 촌부들과는 다른가 봅니다!"

송현의 행동에 효평이 놀라 감탄했다.

뜨겁게 타오르던 불길이 한순간에 차갑게 식어버렸다.

불길은 사라지고, 남은 것이라고는 잿더미 위로 올라오는 새하얀 연기뿐이다.

광릉산보의 분노의 힘을 조금 빌렸다.

이번엔 극양의 기운이 아닌, 극음의 기운을 통해 불꽃을 꺼뜨린 것이다.

하지만 사정을 모르는 효평의 눈에는 그저 손짓 한 번으로 불길을 꺼뜨려 버리는 무림인의 신기나 다름없었다.

"…무림인이 아니더라도 이런 것은 가능합니다."

송현이 잠시 머뭇거리다 대답했다.

효평이 송현을 무림인이라 알고 있으나, 무림맹에서도 송현 스스로도 자신을 무인이라 생각하지는 않았다.

그 마음을 돌려 말한 것이다.

송현은 손을 뻗었다. 아직 연기가 가시지 않은 잿더미를 뒤졌다.

'그래도 온전한 것이 남아 있었으면 좋을 텐데.'

많은 의미를 지닌 것들이다.

그것들을 사십구재도 끝나기 전에 불태워 없애버린다는 것이 못내 마음에 걸렸다.

그렇게 잿더미를 헤집던 송현의 손에 무언가 걸렸다.

신발이었다.

송현의 손바닥보다 작은. 토끼 가죽으로 만든 신발이었다.

"허－! 그것이 여직 있었습니다. 그래."

효평이 작게 감탄했다.

제8장 슬픔을 더하다

樂武林

마당에 송현과 효평 두 사람이 나란히 서서 작은 신발을 바라본다.

효평의 눈가가 촉촉해 졌다.

"효균이 그 아이가 가장 아끼던 신발입니다. 제 아비가 생일 선물로 준 것이니 오죽하겠습니까. 효윤이가 탐할 만큼 좋은 신발이었지요. 이것만큼은 효균이도 절대 효윤이에게 양보하지 않겠다고 했었지요."

작은 신발 하나로 죽은 효균을 떠올린다.

이제는 추억이 되어버린 과거다. 그러나 효평은 그 과거를 떠올리며 웃고 있었다.

그때의 효균은 죽지 않았었다.

가족을 떠나지도 않았고, 언제고 함께할 것만 같이 화목했었다.

"효윤이와 그 아이. 우애가 좋았나 보군요."

"좋기는요. 사내아이만 둘이니 허구한 날 싸우기만 했지요. 동네 사고란 사고는 그 두 녀석이 다 벌이고 다녔으니, 저녁만 되면 아들 내외도 집집마다 돌아다니며 고개 숙이는 것이 일이었습니다. 아주 극성도 그런 극성이 없었지요."

극성이라 말한다. 온갖 사고는 다 치고, 허구한 날 싸우기만 했다고 한다.

그럼에도 효균을 떠올리는 효평의 얼굴에는 미움은 없었다.

"그래도 핏줄인 것을요. 그리 사고만 치고 돌아다녀도 마냥 좋았습니다. 왜 아니 그렇겠습니까. 한데……. 이 짓을 지켜보는 저도 가슴이 찢어질 것만 같은데, 아들 녀석은 또 어떻겠습니까. 제 자식의 흔적을 모두 지워 버리는 일인 것을요."

잠시의 미소는 이내 슬픔으로 변한다.

송현의 귓가로 광릉산의 슬픈 가락이 들려왔다.

'이곳은 내게 너무나 슬픈 곳이구나.'

집집에 광릉산의 슬픈 곡조가 울려 퍼진다. 효윤이를 볼 때마다, 그 가족들을 마주할 때마다 음률에 담긴 슬픔은 더욱 절절해지고 비통해진다.

기실 내색은 하지 않았지만, 송현은 그것을 담담히 모두 받아내는 것이 너무나 버거웠다.

오늘 또 광릉산의 곡조가 더욱 슬프게 변해갔다.

앞으로는 또 얼마나 서글프게 변할지도 알 수 없었다.

'대체 이 슬픈 곡조 속에 담긴 깨달음이 무엇이기에.'

차라리 빨리 그 깨달음을 얻고 말았으면 싶을 정도다. 그렇다면 적어도 지금처럼 힘들지는 않을 것이리라.

송현이 생각에 잠긴 사이.

효평의 웃음이 처연해졌다.

"아들 내외도 아직 받아들이기 어려울 것입니다. 준비가 되지 않았으니 당연한 일일는지도 모르겠지요. 한데 어쩌겠습니까. 부모인 것을. 아직 남은 자식이 남아 있는 것을……. 그래서 자식은 부모를 땅에 묻는다 하지만 부모는 자식을 가슴에 묻는다고 하는 것이 아니겠습니까."

"그래서… 유품을 이렇게 태우신 겁니까?"

"모질고 독해도 그래야 끊을 수 있을 것이 아닙니까. 남은 아이가 가진 상처가 무엇인지 아는데, 날로 그 상처는 깊어만 가는데 어느 부모가 그것을 손 놓고 보고만 있겠습니까. 내 일전에 말씀드렸지요?"

효균이 납치된 날.

그리고 효윤이 홀로 토끼 굴에서 위험을 피한 날을 말하는 것이다.

"토끼 굴에 숨어 겨우 돌아온 효윤입니다. 하나 그것이 어찌 그리 좋기만 하겠습니까. 어려도 사람이고, 조막만 해도 사람인 것을 제 형을 그리 잃고 어찌 좋을 수 있었겠습니까. 한동안 많이 앓았습니다. 집 밖에 나가는 데 꼬박 일 년이 걸렸고,

웃음을 되찾는 데 다시 석 달이 걸렸지요. 효윤이는 모든 것이 자신의 탓이라 여기고 있습니다. 그것은……."

효균이 마을 아이들과 토끼 사냥을 갈 때.

효윤이 자신도 함께 따라가겠다고 떼를 써댔다. 그 성화에 못 이겨 함께 토끼 사냥을 나섰고, 변을 당했다.

도망치면서도 달리기가 느린 효윤 때문에 효균은 멀리 도망치지 못했다. 그나마 작은 아이 하나가 들어갈 만한 토끼 굴도 효균은 동생인 효윤에게 양보했다.

무섭다며 떼를 쓰는 동생에게 효균은 조용히 기다리라고 말했고, 돌아오겠다고 약속했다.

그것이 마지막이다.

그리고 송현에 의해 들려온 것은 효균의 죽음을 알리는 소식뿐이었다.

"내내 마음 한쪽에 자신 때문에 제 형이 그런 일을 당했다 여겼던 아이입니다. 그러니 그 죽음을 받아들일 수 없는 것이지요. 그리하면 본인이 정말 제 형을 죽인 것이 되어버리는 것을……. 그래서 그리 모질게라도 정을 떼야 합니다. 지금이 아니면 영영 효균이의 죽음은 인정하지도 못한 채 또 가슴 한쪽엔 모든 것을 자신의 탓이라 여기며 살아갈 것이 뻔한데 어찌 그냥 두고만 보겠습니까."

"아!"

송현은 짧게 한숨 섞인 탄식을 흘러냈다.

단 한 번도 누군가의 부모가 되어본 적은 없다. 그러나 어렴풋이 그 기분이 전해진다.

"부모란 본디 자식을 잃은 슬픔을 추스르지도 못하면서도, 남은 자식을 품에 보듬어야 하는 사람인 것을요."

그렇게 말하는 효평의 눈가에 작은 눈물이 흘러내렸다.

그 또한 부모다.

자식을 잃어 슬퍼하는 자식을 지켜보는 부모다.

담담한척했으나 그 모든 것을 지켜봐야 부모의 심정은 또 오죽 서글플까.

그저 흔들리는 모습을 보이지 않아야 하기에 담담한 척하는 것일 뿐이었다.

'지독하구나!'

송현은 눈을 감았다.

인견왕이 만들어낸 슬픔은 너무나 지독한 것이었다.

이야기를 나누던 효평마저 집에 돌아갔다.

탁!

송현은 효윤의 머리맡에 효균의 가죽 신발을 내려놓고 마당으로 나왔다.

고요한 밤중에 문 닫는 소리마저도 크게 들린다.

그런 송현의 품에는 거문고가 들려져 있었다.

마당에 나선 송현은 거문고를 무릎에 올려놓았다.

둥—!

선율 위로 손가락이 무겁게 내려앉았다.

연주하고 싶었다.

비록 모자란 연주로나마 위로하고 싶었다.

아니, 어떤 곡으로, 또 어떤 재주로 그 슬픔을 위로할까.

그저 다사다난했던 오늘 하루만큼은 슬픔을 잠시 묻어 두고 편안한 밤이라도 보내게 해주고 싶었다.

무겁게 현을 누르는 술대와 달리, 현이 만들어내는 선율은 아름답고 포근했다. 그리고 따뜻하고 편안했다.

그 음악이 어디까지 들려질까.

알지 못한다. 아니, 신경 쓰지 않았다.

그저 지금 이 순간만큼은 그저 연주에 집중할 뿐이었다.

화개불동상(花開不同賞)
화락불동비(花落不同悲)
욕문상사처(慾問相思處)
화개화락시(花開花落時)

꽃이 피어도 함께 즐기지 못하고
꽃이 떨어져도 함께 슬퍼 못하네.
묻건대, 그대는 어디에 계신가
꽃이 피고 또 지는 이 시절에

송현의 낮은 노랫소리가 흘러나온다.

설도의 춘망사라는 시가의 첫 수에 담긴 곡이다.

송현은 자장가와 같이 포근한 거문고 선율 속에 그리움을 담았다.

상처받은 이들이 오늘만큼은 아파하지 않고 편안한 밤을 보내기를 바라면서도, 그들의 감정만큼은 차마 버릴 수 없어 시가를 빌려 담았다.

길지 않은 노래에 길지 않은 연주였다.

하나 그 부드러운 곡조는 송현을 감싸고 효평의 가족들을 감싼다. 집을 감싸고 마을을 감싼다.

* * *

연주를 끝내고서야 잠에 들었다.

자신의 연주가 마을 사람들에게, 그리고 효윤과 효평의 가족들에게까지 닿았을지는 모른다.

우습게도 그들을 위한 연주였음에도 오히려 송현이 스스로 위로받는 기분이었다.

간만에 깊게 잠들었다.

쏴아아아아—!

하지만 몇 시진이나 지났을까.

송현은 다시 잠에서 깨어날 수밖에 없었다. 방문 밖으로 들려오는 요란스러운 빗소리가 송현을 깨운 탓이다.

끼익.

문을 열어 보니 송현이 들은 빗소리 그대로 비가 내리고 있었다. 빗발이 굵었다. 바람도 제법 거세어 비는 마치 누워서 내리는 듯했다.

한동안 비가 내리지 않았으니 오랜만에 찾아온 빗줄기가 단잠을 깨웠다고 마냥 원망할 수만은 없었다.

송현은 표정을 편안히 누그러뜨리며, 내리는 빗줄기를 감상했다.

그러나 그것도 잠시다.

송현의 표정이 일순 무겁게 굳었다.

"소 형!"

어제 소구는 효윤을 집까지 업어다 데려다 주고는 곧장 대장간으로 향했었다. 밀린 일을 하기 위해서라고 했지만, 어둠을 싫어하던 그의 성정상 가장 밝은 대장간을 찾은 것이라 보는 것이 맞을 것이다.

분명 송현이 그를 대장간까지 배웅해 주었었다.

문제는 지금 내리는 비다.

'소 형께서는 사방이 막힌 곳도, 어두운 것도 싫어하실 텐데!'

부러 밖으로 외출 나갈 때마저 대장간 문을 활짝 열어두고 나가는 소구다. 어둠이 싫어 천정은 온통 유등으로 환하게 밝히기도 했다.

문제는 내리는 비다.

세찬 바람과 함께 내리는 굵은 빗방울이 닫지 않은 대장간 문으로 들이닥칠 것이다. 그럼 아무리 유등으로 밝힌 불이라 한들 멀쩡할 리 없다.

불이 꺼질 것이다.

마음이 급해졌다.

'소 형이라면…….'

소구는 불안정하다.

아무도 이야기해 주지 않았지만, 송현은 첫 임무에서, 그리고 어젯밤 늑대 무리를 상대하면서 그것을 확인했었다.

'혼견과 닮은…….'

무림의 세계를 알지 못하는 송현이지만, 대신 소리를 들을 수 있다.

눈을 하얗게 뒤집고, 강대한 내력을 한없이 쏟아내는 소구의 걸음, 호흡. 그리고 내력으로 만들어내는 파동의 소리는 미묘하지만 혼견을 마주했을 때 들었던 소리와 그 느낌이 상당히 유사했다.

그래서 더욱 걱정됐다.

"가봐야겠어."

송현은 비를 피할 생각도 하지 않고 우선 비 내리는 길을 달렸다.

대장간과 송현이 신세 지고 있는 효평의 집은 그리 멀지 않다.

거문고를 연주하면 비를 그칠 수는 있겠지만, 당장 송현에게 가장 우선시되는 것은 소구의 상태였다.

만약의 상황을 대비한다면 최대한 빨리 소구의 상태를 확인하는 것이 우선이었다.

그렇게 대장간에 당도했다.

송현의 예상대로 소구는 누워서 쏟아지는 듯한 비에도 대장간의 문을 닫지 않고 있었다.

유등은 모두 꺼져 버린 지 오래다.

그리고 유일하게 불이 꺼지지 않은 용로 앞에 소구가 웅크리고 앉아 있었다.

"…소 형?"

송현은 조심스럽게 소구의 이름을 불렀다.

'호흡 소리가 오락가락해.'

거칠게 몰아쉬는 호흡. 하지만 그 호흡이 전해주는 소리의 느낌은 짧은 순간에도 많은 차이와 변화를 보이고 있었다.

소구가 적들을 앞에 두고 날뛸 때처럼, 혼견을 마주했을 때 느꼈던 느낌의 소리처럼 흉포함과 불안함이 한데 뒤엉켜 있다가도 또 어느새 잦아든다.

그것은 송현의 예상했던 것과는 조금의 차이가 있었다.

'만약 정말 무슨 일이 있었더라면 지금쯤 내력을 뿜어내고 있으리라 생각했는데…….'

하얗게 눈을 뒤집고 싸울 때처럼.

그런 상태가 아닐까 걱정했다. 그러면 그런 소구를 말릴 수 있는 사람은 이 마을에서 송현밖에 없었다.

다행히 아직까지는 송현의 걱정은 기우인 듯했다.

"우우?"

목소리를 들었음인지 소구가 조심스럽게 고개를 들어 송현을 바라보았다.

소구의 두 눈은 겁먹은 아이의 눈빛과 닮아 있었다.

"헤헤—!"

소구가 웃는다.

불안전하게 변화를 계속하던 소구의 숨소리의 느낌도 어느덧 안정을 찾아가고 있었다.

눈앞에 송현이 있다는 사실에 안도하고 있는 모습이다.

"……."

송현은 말없이 그런 소구의 옆에 앉았다.

"비가 이렇게 오는데 문을 닫지 그러셨어요."

"우우!"

송현의 말에 소구가 고개를 도리도리 저었다.

답답한 건 싫어요.

소구가 송현의 손바닥 위에 자신의 의사를 전한다.

송현의 이마에 주름이 졌다.

"어둠은요? 어둠도 싫다고 하시지 않으셨습니까. 그래서 이렇게 용로 앞에 앉아 계셨던 건가요?"

"우우."

이번엔 고개를 끄덕인다.

해맑게 웃는 모습에선 더 이상 두려움에 떨던 좀 전의 모습은 찾아 볼 수가 없었다.

회복이 빠르다.

다행이라면 다행이다.

하지만 송현의 눈은 복잡하기만 했다.

'대체……. 왜?'

천진각의 출신인 소구의 정확한 나이는 모른다. 그건 천권호무대에서도 마찬가지다. 다만 송현보다 한두 살 많을 것이라 짐작하고 있을 뿐이다.

그 나이를 먹고, 이렇게 당당한 체구를 갖고 있음에도, 그리고 무공을 익힌 강한 무인임에도 어둠이 싫고 사방이 꽉 막힌 곳이 싫어 이렇게 비를 맞으며 용로 앞에 쪼그려 앉아 있다.

그 모습이 우습기보다는 안타깝게 느껴졌다.

"대체 무슨 이유 때문입니까? 대체 어떤 이유가 있기에 이렇게까지 어두운 것을 싫어하고, 사방이 막힌 곳을 싫어하시는 겁니까?"

내내 묻어 두었던 질문을 던졌다.

사실, 처음 주찬에게서 소구를 소개받을 때부터 가졌던 의문이었다. 다만 스스로 말하지 않는 이상 굳이 먼저 이유를 묻는 것은 실례가 될 것이라 여겼기에 묻지 않았을 뿐이다.

하지만 지금 이 모습을 본 이상은 그냥 넘어갈 수는 없었다.

"……."

그러나 소구는 말이 없다.

죄지은 아이처럼 입을 꼭 다문 채 고개를 푹 숙일 뿐이었다.

답답했다.

“제게는 소 형은 늘 불안정해 보이십니다. 이런 말이 실례임을 알지만, 저는 소 형이 싸울 때의 느낌이 꼭 첫 임무에서 보았던 혼견을 마주했을 때의 느낌과 닮은 것만 같습니다. 그래서 더욱 걱정되는 것입니다!”

효균.

아니, 죽은 혼견을 마주했을 때 송현이 받은 느낌은 안타까움이었다.

이지를 상실한 채 오로지 본능과 욕구만이 남은 괴물.

그와 닮은 소구가 그래서 더욱 걱정되었다.

송현의 진심이 통했음일까.

소구가 고개를 들어 송현의 눈치를 살핀다.

그리고 조심스럽게 송현의 손을 가져다가 그 위에 글자를 적었다.

주화입마(走火入魔).

소구가 송현의 손바닥 위에 쓴 네 글자였다.

*　　*　　*

주화입마(走火入魔).

신(身), 기(氣), 정(精)이 있다. 주화입마는 흔히 이 신기정의

균형이 어긋나며 생기는 현상이다. 여기서 신이란 몸을 뜻하고, 기란 기운을 뜻하며 신과 정(精)을 하나로 묶는 강력한 연결고리다. 또한, 정이란 사람의 정신을 뜻하기도 하지만 혼을 뜻하기도 한다.

때문에 신기정, 이 셋은 각각의 사람마다 다르다.

사람의 혼백이 모두 같을 수는 없는 노릇이고, 몸이 모두 같을 수는 없다. 그렇기에 혼과 몸을 하나로 묶는 기가 같을 수는 더더욱 없는 것이다.

다만 이것을 비슷하게 하는 방법은 있다.

동종의 내공심법을 동반한 육체적 정신적 수련이다.

동종의 내공심법은 동종의 기운을 쌓을 수 있도록 해준다. 이런 내공심법의 인위를 통해 동종의 기운을 쌓음과 함께, 오랜 시간 동안 이루어지는 육체적 정신적 고행과 수련을 병행한다.

그럼으로써 동종에 가까운 기운과 동종에 가까운 신체, 동종에 닿은 정신을 갖출 수 있다.

흔히 강호에서 마공(魔功)을 익힌 마인(魔人)을 경계하는 것 또한 이와 같은 이치다.

하나 그것은 어디까지나 동종에 가깝다 할 수 있을 뿐이다. 인간이란 본디 타고나는 것이 제각각인지라 같은 수련을 쌓고, 같은 내공심법을 익혔다 한들 온전히 같을 수는 없는 일이다.

따라서 개개인의 편차가 생길 수밖에 없는 일이다.

이따금 정공을 익히고도 정도를 벗어나는 이들이 생기는 것 또한 그와 같은 이치였다.

물론, 예외는 있다.

개개인의 차이가 없이, 익히는 이는 반드시 마인으로 만들어 버리는 극악한 마공이.

독혼흡마공도 그중 하나였다.

독견과 혼견을 만드는 독혼흡마공은 신과 기를 인위로 갈취함으로써 힘을 쌓는 마공이다.

자신의 것도 아닌 타인의 신과 기를 흡하였으니, 그 정이라고 멀쩡할 리 없다. 이 때문에 주화입마가 찾아드는 것이다. 인견왕이 굳이 독혼흡마공을 나누어 독견에겐 신을, 혼견에겐 기를 취하게 한 것도 그와 같은 연유에서였다.

그럼에도 독견과 혼견의 주화입마를 해결하지 못했다. 그저 인견왕의 명령을 따를 수 있을 정도로의 완화만 이루어냈을 뿐이다.

독견과 혼견이 이성을 상실한 채 오로지 본능과 명령을 좇아서만 움직이는 것만으로도 이는 충분히 증명할 수 있는 일이었다.

그리고.

소구 또한 자신의 몸 안에 이종진기가 자리 잡고 있다고 했다.

송현이 소구에게서 혼견과 닮은 가락을 느낀 것은, 소구의 몸 안에 잠들어 있는 이종진기의 폭주로 인한 주화입마의 현상을 느낀 것이었다.

그나마 다행인 점은 혼견과 달리 소구의 주화입마는 조금 더 완화된 형태라, 특별한 이유가 없는 한 주화입마에 들지 않는다는 점이다.

또한 스스로 어느 정도 자제가 가능하다고 했다.

그러나 반대로 위험성도 가지고 있었다.

소구가 싫어하는 것.

어둠과 사방이 꽉 막힌 좁은 공간.

신기정은 서로가 서로에게 이어져 있어 무엇 하나의 이상만으로도 전체가 영향을 받는다.

병적일 정도로 어둠과 사방이 꽉 막힌 공간을 싫어하는 소구는 환경만 주어지면 언제 어디서든 주화입마에 빠질 가능성이 농후하다는 이야기도 되었다.

소구가 내리는 비에 유등이 모두 꺼졌음에도 대장간의 문을 닫지 않은 이유도, 유일하게 남은 용로의 불빛 앞에 쪼그려 앉아 있었던 이유도 그 때문이다.

만약 문을 닫았거나, 용로의 불길마저 꺼져 버렸었다면 소구는 주화입마에 들었을 것이다.

손바닥 위에 적어 내려가는 소구의 설명은 모두 들었다.

하지만 송현의 표정은 여전히 밝아질 기미를 보이지 않았다.

"대체, 대체 무슨 일이 있었던 겁니까!"

다시 원점이다.

처음 소구에게 했던 질문을 송현은 다시 건넸다.

"……."

하지만 소구는 이번에도 그 질문만큼은 대답해 주지 않았다. 입을 꾹 다물고, 송현의 손 위에 적어 내려가던 글도 멈추었다.

그렇게 의문을 남긴 채 사십구재의 재를 지내는 스물한 번째 날이 밝아오고 있었다.

* * *

시간이 흘러갔다.

스물한 번째 날의 재가 지나고, 스물여덟 번째 날도, 서른다섯 번째 날의 재도 지났다.

그러나 소구는 끝끝내 자신이 어떤 연유로 어둠을 싫어하는지는 이야기해 주지 않았다.

그것은 효윤 또한 마찬가지다.

효윤은 더 이상 부정하지 않는다.

그저 울 뿐이다.

유일하게 온전히 남은 형의 유품인 가죽신을 품에 끌어안고 재가 진행되는 내내 눈물만 흘렸다.

차라리 아니라고 부정하고, 떼쓰던 것이 나았다.

그저 소리도 내지 않고 눈물만 흘리는 효윤의 모습을 보고 있노라면 가엽고 안타까워 속이 타들어 간다.

송현이 그럴진데, 효윤의 가족들이야 어찌할까.

그러나 가족들도 더는 무엇도 할 수 없는 것 또한 현실이었다. 효균의 마지막 유품인 가죽신마저 빼앗아 다시 태우는 것은 너무 잔인하고 모질었다. 오히려 어린 효윤에겐 더 큰 상처만 줄 것이다.

그렇게 오늘 사십구재의 마지막을 맞이했다.

마지막 사십구재에, 대부분 같이 자식들을 납치당한 아픔을 품고 있는 이들이기에 오늘만큼은 모두 바쁜 일들을 미뤄두고 사십구재에 참석했다.

그곳엔 송현과 소구도 있었다.

지금껏 사십구재를 주관해 온 도사가 앞장서 진언을 외우고, 지전을 태운다.

죽은 효균을 위한 도경을 읊어주고, 남은 가족들을 위한 도경의 구절들을 읊어준다.

송현은 재에 필요한 연주를 맡았다.

사람들은 물론, 재를 주관하는 도사에게도 생소한 거문고 연주였지만 이제는 도사도 주민들도 모두 익숙해진 듯했다.

그렇게 재가 끝나가고 있었다.

아니, 끝이 났다.

재를 주관하던 도사가 자리에서 내려왔으니 실질적으로 사십구재는 끝이 난 것이나 다름이 없었다.

이제 준비한 음식을 찾아와준 손님들에게 대접하고, 직접 인사를 하면 그만이다.

하지만.

도사는 내려왔지만 송현은 아직 내려오지 않았다.

거문고를 무릎 위에 올린 상태로 가만히 사십구재의 마지막 날의 의식을 위해 모인 많은 이를 바라보았다.

여전히 눈물만 흘리고 있는 효윤의 모습도 보였고, 그의 부모와 할아버지인 효평도 보인다. 그리고 그보다 많은 사람.

'그러고 보니 집집마다 들려왔던 광릉산도 모두 인견왕에게 자식을 납치당한 집이었었지.'

마을에 자리한 집집. 대문을 넘으면 들려오기 시작하는 광릉산의 슬픈 곡조.

그땐 대중이 없다 여겼거늘, 시일이 지난 지금은 이제 모두 안다.

광릉산의 곡조가 들려왔던 집들도 효균과 마찬가지로 인견왕에 의해 자식을 납치당했던 집들이었다.

그 집에 사는 사람들의 모습도 모두 보인다.

눈물을 흘리는 효윤, 그런 효윤의 어깨를 한 손으로 잡은 채 또 한 손으로는 흐르는 얼굴 위로 눈물을 닦아내는 효윤의 어미. 그리고 입술을 꽉 문 채 붉게 충혈된 눈으로 목적지 없는 정면을 바라보고 있는 아비. 그리고 이제는 눈을 감고 애써 담담한 표정을 짓고 있는 효평.

'저들에게 사십구재는 끝났을까?'

도사가 의식을 끝냈으니 사십구재는 끝이 났다.

그러나 그것이 정말 끝일까.

송현의 시선은 효윤의 가정과 같이, 자식을 납치당한 이들을 훑었다.

두 손을 꼭 쥐고 있다. 어떤 이는 눈가가 촉촉하고, 또 어떤 이는 눈을 질끈 감았다. 또 누군가는 머리를 숙인 채 죄인처럼 서 있다.

'과연 저들은 나은 것인가. 아니면 더욱 지옥 같은 것일까.'

자식과 함께 사라진 아이의 죽음이 확인되었다.

하지만 본인들의 자식들은 죽었는지 살았는지 확인되지도 않았다.

함께 납치되었다가 죽은 아이의 일이 남 일 같지 않으면서도.

제 자식은 죽지 않아 다행이라 여길까.

아니면 죽었는지 살았는지 소식조차 모르기에 불행한 것이라 여길까.

송현은 이내 그들에게서 시선을 거둔 채 거문고를 바라보았다.

'나는 왜 여기에 있는 것일까.'

처음에는 그저 마음을 추스르기 위함이었다. 그러다 지나가는 촌부의 아들로부터 광릉산의 또 다른 곡조를 들었고, 그것을 좇았다.

그럼 그것은 광릉산을 얻기 위함이었을까.

자신의 눈앞에서 죽어간 혈견이 여기 이 마을에서 납치된 효균이란 아이임을 알고 남은 것은 죄책감 때문이었을까, 측

은지심 때문이었을까.

무엇 때문에 이 자리에 있고, 무엇 때문에 이 자리에서 사십구재의 음악을 연주하였을까.

'그러면 나는 왜 지금 떠나지 못하고 있는 것일까.'

사십구재가 끝났음에도 왜 이 자리를 벗어나지 못하고 있는 것인지 모른다.

송현의 고개가 다시 몇 곳을 향했다.

죽은 효균의 가족들, 소식조차 모르는 자식을 기다리는 사람들. 그리고 말하지 못할 아픔을 숨기고 있는 소구.

지금껏 의문을 가진 것은, 아는 것이 하나도 없다.

한데 단 하나 아는 것이 있다.

'이곳은 슬픔으로 가득한 곳이로구나.'

이제 한 사람, 한 사람에게서 슬픔이 담긴 광릉산의 곡조가 들려온다.

송현에게 이 자리는 슬픔이 모인 광릉산의 합주의 자리다.

"후—!"

길게 한숨을 내쉬었다.

의식이 끝났음에도 송현은 현 위에 손을 올렸다.

뚜웅—!

묵직하게 떨려 울리는 음률.

슬픔이 가득한 광릉산의 곡조에 송현의 거문고로 연주하는 광릉산을 더한다.

슬픔에 슬픔을 더하고.

억누르고 참아온 슬픔을 휘감는다.

울컥!

뱃속 깊은 곳에서 무언가 울컥 치밀어 올랐다.

송현의 눈에는 어느새 눈물 한 방울이 흘러 거문고의 울림통 위로 떨어졌다.

화가 났다.

비극을 만들어낸 세상에 화가 나고, 이 모든 일의 원흉인 인견왕에게 화가 났다.

슬프다.

저들의 처지가 슬프고, 소구의 처지가 가엽다. 그럼에도 할 수 있는 것은 그들을 위한 이 잠시 잠깐의 연주가 전부임에 스스로 슬퍼졌다.

송현은 합주했다.

과거 악양에서 이초와 함께 나누었던 합주들처럼, 송현은 이 자리에 모인 이들과 슬픔을 함께 노래했다.

그 합주에 음악이 변했다.

가슴 속 깊은 곳에서 불길이 치솟고, 송현의 눈동자 깊은 곳에서 작고 푸른 귀화가 촛불처럼 타오른다.

그 열기가 광릉산을 연주하는 슬픈 사람들을 하나하나 연결했다.

투둑.

속에서 무언가 끊어지는 소리와 함께.

송현은 깨달았다.

불완전했던 것이 완전해지고, 숨겨졌던 일부분이 고개를 내밀었다.

그리고.

투명한 선이 송현에게서 뻗어 나왔다.

그 선이 송현과 슬픔을 노래하는 마을 사람들을 하나하나 연결해 나갔다.

*　　　*　　　*

뚝. 뚝. 뚝.

처음 듣는 거문고 연주다. 그 연주에 효윤의 눈가로 흐르는 눈물이 점점 더 많아졌다.

'나 때문이야. 모두 나 때문이야.'

효윤은 형이 죽은 것이 모두 자신의 탓이라 믿었다.

그래서 더욱 슬프고, 미안하다.

딱!

'아!'

그런 효윤의 머리를 누군가 때렸다.

우습게도 슬퍼 눈물을 흘리는 와중에도 고개가 올라갔다.

"혀, 형!"

그곳에 형이, 효균이 있었다.

"형!"

효윤은 웃었다.

효균의 유품을 태운 이후, 효윤은 효균의 죽음을 인정하고 있었다. 그래서 더욱 슬퍼했었던 것이다.

그런데 그렇게 죽은 줄로만 알았던 효균이 눈앞에 서 있다.

반갑고, 감사했다.

눈물이 범벅된 얼굴로 활짝 웃으며 효균에게 달려가 안기려 했다.

딱!

그런데 웬걸.

효윤은 이렇게 반가운 효균인데, 효균은 오히려 효윤의 머리에 꿀밤을 먹였다.

그리고 짐짓 성난 듯 효윤을 노려봤다.

"야! 신발 안 내놔? 내가 그건 못 준다고 했지!"

자신이 아끼는 신발을 동생이 품에 꼭 안고 있는 것이 마음에 들지 않은 듯했다.

"줄게. 헤헤! 자! 형!"

효윤은 선뜻 지금껏 소중히 품에 안고 있었던 신발을 되돌려 주었다.

"진작 그럴 것이지! 어때? 잘 어울리지?"

효균은 그런 동생에게서 신발을 건네받으며 피식 웃었다.

그리고 직접 그 신발을 신어 보이며 자랑한다.

너무나 기뻤다.

효윤은 크게 고개를 끄덕였다.

"응! 정말 잘 어울려!"

씨익.

효균 또한 씨익 마주 웃어 보인다.

그리고 툭 한마디를 내뱉었다.

"너 때문이 아니야. 그러니까 그렇게 있지 마. 엄마 아빠도 잘 부탁해. 아! 할아버지도. 이제 네가 장남이야."

"응? 무슨 소리야?"

갑자기 알아들을 수 없는 말을 한다.

놀란 효윤이 되물었지만, 효균은 그저 한번 웃어 보이고는 효윤의 뒤로 시선을 돌려 버렸다.

"아… 가!"

어미가 눈물을 지으며 어렵게 말을 연다.

"아들아!"

아비는 울컥이는 눈물을 삼키며 자식을 부른다.

"엄마도 아빠도 울지 마. 아빠는 왜 맨날 뒷간에서만 울어? 할아버지도 슬퍼하지 말고! 그리고 엄마! 아빠, 할아버지, 효균아!"

"응응! 그래. 우리 아가!"

"한 번씩만 안아줘. 그리고 나면……. 에잇, 일단 안아줘! 자!"

잠시 말끝을 흐리던 효균이 양팔을 넓게 벌린다.

효윤이 가장 먼저 달려가 효균을 끌어안았고, 뒤이어 어미가, 아비가, 할아버지가 달려와 효균을 안았다.

효윤이의 뽀송한 뺨에 얼굴을 부비고, 어미의 젖가슴에 또 얼굴을 부볐다. 아빠의 빳빳한 수염 난 턱에 이마를 비비고, 할아버지의 배에 얼굴을 파묻었다.

"……."

누구도 말이 없다.

꿈인지 현실인지도 모를 지금의 이 순간을 그저 절실하게 받아들이고 있을 뿐이었다.

"아! 답답해! 숨차!"

그렇게 길지만 짧은 포옹을 나누고서야 효균은 답답하다며 가족들의 품에서 벗어났다.

한 발짝 물러선 효균은 가족들을 향해 장난스럽게 웃었다.

"잘 있어. 전부! 나 없다고 울지 말고! 그럼 간다?"

"아, 아가!"

"형!"

꿈결과 같은 시간이기에, 상식으로는 도저히 있을 수 없는 일이기에 그 짧은 시간이 소중했다.

그러나 그 짧은 시간 끝에 찾아온 이별은 아프기만 하다.

가족들은 모두 손을 내뻗어 효균을 잡으려 했지만, 그럴 수가 없었다.

방금 전까지 눈앞에 있고, 또 포옹까지 나누었건만 효균은 흔적도 없이 흩어져 사라져 버렸다.

죽은 효균의 혼이었을까.

아니면 갑자기 시작된 송현의 연주가 가진 신묘한 힘이, 네 가족에게 환상을 보여준 것일까.

모른다.

하지만 그 짧은 소중한 시간의 감정과 촉감은 분명 그대로 남아 있었다.

"엄마, 아빠! 할아버지!"

효윤이 제 가족들을 불렀다.

그리고 먼저 그들의 품에 안기었다.

'이제 내가 장남이니까.'

효윤은 형이 남기고 간 그 말을 기억하고 있었다.

효균이 떠나간 땅 위에 조그마한 가죽신이 가지런히 놓여 있었다.

비슷한 아픔을 가진 사람들.

그들 또한 효윤 가족과 같은 경험을 하고 있는 것일까.

그것은 알 수 없다.

하지만 그들은 분명 눈물을 흘리고 있었다.

바로 옆에 효윤 가족들에게서 무슨 일이 일어났었는지조차 의식하지 못할 만큼 그들은 진심으로 눈물을 쏟고, 크게 소리 내 울고 있었다.

때아닌 대성통곡이 사십구재의 자리에 가득 울려 퍼졌다.

"우어어어어!"

그리고 그곳에 소구도 있었다.

비록 단 한 번도 먼저 말한 적 없었지만, 소구가 가진 사연은 이 마을의 사람들과는 다를 것이다.

그럼에도 소구는 마을 사람들과 함께 운다.

송현의 연주가 소구가 그간 봉인해 왔던 슬픔을 열어버린 것이다.

어린아이처럼 우는 소구의 몸에서 변화가 일어났다.

울음소리가 점점 더 거세진다.

그에 맞춰 그의 몸에서도 갖가지 색의 기운이 운무처럼 흘러져 나왔다. 그리고 그것이 어느새 소구의 몸을 뒤덮듯 가려버렸다.

'나도 아저씨들처럼 무인이 될 거예요!'

'무공 좀 가르쳐 줘요!'

'싫어요. 따라갈 거예요!'

소구가 처음부터 말을 하지 못했던 것은 아니었다.

어렸을 때 소구는 유난히 작고 왜소한 체구를 가지고 있었다. 활동적이고, 말수도 많았다. 운이 좋아 천진각에 들어 허기를 면했고, 멋있는 무림맹의 무사들. 그중에서도 천권호무대를 보며 무인이 되기를 꿈꿨다.

아마 돌이켜 보면 그때가 가장 행복하고 평안했던 때가 아닌가 싶을 만큼, 소구는 천진각 속에서의 생활에 행복해하고 있었다.

그런 소구에게 목소리를 앗아간 것은 한 가지 사건 때문이었다.

천권호무대가 임무를 떠나던 날.

소구는 몰래 천권호무대를 따라나섰다.

어린 마음에 중요한 임무인지도 모르고 따라나선 것이다. 뒤늦게 천권호무대에게 발견되었을 때에는 이미 돌아가기엔 너무 먼 길을 와 있었다.

그때 동행을 허락한 이가 천권호무대주 진우군이었다.

그 일이 사단이 되었다.

기습이 있었다.

갑작스러운 기습에 천권호무대가 위기에 놓였고, 그 속에서 친하게 지냈던 천권호무대의 대원들이 소구를 지키려 했다.

쏟아지는 화살비와, 암기들 속에서 소구를 지킬 방법은 그리 많지 않았다. 결국, 그들은 제 몸을 방패로 삼아 소구의 몸 위로 엎어졌다. 하나둘 그렇게 많은 이가 소구의 몸을 덮었다.

그리고 내공을 나누어 주었다.

고아인 소구다. 평소 무림인을 꿈꾸던 것도 안다. 자그마한 도움이라도 남겨주고 싶었을 것이다.

아니, 어쩌면 그들이 살다 간 흔적을 소구를 통해서나마 남기고 싶었던 것인지도 모른다.

그들은 소구에게 내공이 아닌, 선천진기를 전수했다.

당시 천권호무대의 많은 이가 익힌 선정정심공(禪定定心功)은 무림에 알려진 몇 안 되는 선천진기를 수련하는 심공이었기에 가능한 일이었다.

그렇게 천권호무대원들의 선천진기를 이어받고, 빛 한 점 들어오지 않게 단단하게 덮은 그들의 몸 아래에서 소구는 사흘을 보내야만 했다.

갑작스럽게 많은 이의 선천진기를 이어받은 탓에, 몸이 움직이지 않았고, 또한 그들을 밀어내고 밖으로 나서기 무서웠던 것이기도 했다.

그렇게 보낸 사흘이다.

그 속에서 소구는 불과 며칠 전까지 자신의 머리를 흐트러뜨리며 짓궂은 장난을 치던 무사들의 흘러내리는 피를 맞으며, 식어가는 몸을 느끼며 지내야 했다.

막대한 양의 기운을 얻었으나, 마음의 병을 얻어야 했다.

시체 더미 속에서 지낸 사흘의 시간 동안 소구는 말을 잃었고, 어둠이 무서워졌고, 사방이 꽉 막힌 답답함이 미치도록 두려웠다.

무인이 되고, 바라던 대로 천권호무대의 일원이 된 지금도 마찬가지다.

그렇게 소구는 그날의 일들을 마음 깊은 곳에 가두어 두고 살아왔다.

그런데 송현의 연주가 그 가두어 두었던 슬픔과 아픔을 열어버린 것이다.

"우어어어!"

눈앞에 생생하게 떠오르는 그날의 일에 소구는 후회하고 스스로를 증오하며 괴로워했다.

뜨겁게 눈물 흘리고, 오열했다.

그리고.

'아!'

그러한 소구의 감정들이 송현에게 전해지고 있었다.

이초와 서로 감정이 상통하고, 살아온 세월 속에 남겨진 아픔을 공감하였듯, 소구와 송현의 감정이 상통하였다.

송현 또한 함께 울었다.

소구 또한 송현이 함께 울고 있음을 느끼고 있었다.

혼자가 아니다.

소중한 이들을 잃어야만 했던 그날의 아픔 속에서, 소구는 자신과 함께 울어줄 수 있는 사람이 있음을 깨달았다.

그사이.

제각각의 색으로 흘러나와 소구를 감쌌던 내기의 운무는 어느덧 하나의 색으로 엮여 융화되고 있었다.

그리고 이내 소구의 몸속으로 흘러들어 간다.

여러 사람의 선천진기가 한데 뒤엉켜 혼탁했던 기(氣)가 하나로 융화되고, 신은 본디 단련되어 있었다.

신기정.

그중 신과 기가 중심을 찾았다.

중심을 찾은 신과 기에, 정은 함께 울어주는 송현을 통해 변화를 꾀하고 있었다.

어느 순간.

신기정이 마침내 조화를 이루었다.

고질적으로 소구를 찾아왔던 주화입마를 벗어났다.

"우어어어엉!"

사라진 운무의 기운 속에서 가리어졌던 소구의 거대한 몸이 드러났다.

큰 눈으로 가득 눈물을 쏟아낸다.

하지만 그 모습에 기이하게도 따스함이 어리고 있었다.

*　　　*　　　*

한바탕의 기사.

송현에게도 변화가 있었다.

주화입마를 치유하고, 죽은 식구를 마지막에서나마 환영인지 혼인지 알 수 없는 형태로나마 만난 효윤의 가족들에 비한다면 미미한 변화일 수도 있다.

송현은 손을 꽉 쥐었다 폈다.

화륵!

짧은 순간 화기가 번뜩이다 사라진다.

눈을 들어 주위를 바라보았다.

내내 담아두고 억눌러만 왔던 눈물을 쏟아낸 사람들의 얼굴은 한결 개운해 보인다.

비단 소구뿐만이 아니었다. 그들이 가졌던 슬픔과 아픔을 송현은 연주하면서 느꼈었다.

그리고 이제.

다른 것을 느끼고 있었다.

아니, 보고 있었다.

송현은 가만히 자신을 내려다보다 또 하늘을 올려다본다. 그리고 저 멀리 악양이 있는 방향을 바라본다.

아주 투명한 선이 있었다.

송현의 눈에만 보이는 선이다.

송현과 연결된 그 선은 모두 둘.

하나는 하늘을 향해 올라갔고, 또 하나는 저 멀리 악양이 있는 방향으로 이어져 있었다.

송현이 가진 슬픔과 아픔이 그곳에 있다.

할아버지와 이초다.

그리고 이제 마을 사람들에게서도 선이 보였다.

그 선은 하나일 수도 있고, 두 개일 수도 있다. 어떤 이는 열 개가 넘는 선이 이어져 있다.

그중에서 보인다.

인견왕에 의해 자식의 생사조차 알지 못하는 이들이 가진 선들이 한 곳을 향하고 있었다.

송현은 그 선이 향하는 곳을 멀리 바라보았다.

저벅. 저벅. 저벅.

그런 송현의 곁으로 다가오는 소구의 발소리가 들렸다.

송현이 고개를 돌려 소구를 바라보는 순간.

—고마워요.

소구의 목소리가 들렸다.

소리가 아니다. 심언(心言)이다.

이초와 합주를 했을 때에는 그저 두 사람의 살아온 인생과 각자가 가진 아픔. 그리고 곡절을 공유하였던 것에 비하면 전혀 다른 결과다.

송현은 웃으며 이야기했다.

"고맙기는요. 이제 그만 아파하세요. 그건 소구의 잘못이 아니잖아요."

"우?"

—제 말이 들리십니까?

손으로 글자를 전하기도 전에 돌아온 대답.

마치 마음속에서 전하려 했던 그 말을 마치 모두 들었다는 듯 대답하는 송현의 반응에 소구가 놀라 눈을 부릅떴다.

"네, 아주 잘 들리는군요."

송현은 웃으며 고개를 끄덕였다.

*　　　*　　　*

송현이 슬픔을 연주하던 그때였다.

맹주는 집무실에 앉아 총군사 사마중걸과 마주하고 있었다.

"오대가 출동하였습니다. 또한 청령단도 움직일 태세입니다."

"수고했네."

사마중걸의 보고에 맹주는 담담히 고개를 끄덕였다.

"쉬운 일입니다. 그들이 원하는 것이 무엇인지 안다면, 움직이게 하는 것쯤이야 그리 어려운 일이 아니지요. 문제는……."

"개가 미끼를 물까 하는 것이겠지. 아니 그런가?"

"예, 여러모로 의문이 많은 자입니다. 그를 알지 못하기에 계획은……."

사마중걸이 고개를 숙였다.

무림맹을 움직이는 모사.

그런 그가 이처럼 자신 없는 모습을 보이는 경우는 흔치 않았다.

맹주는 허허로운 웃음을 지었다.

"어쩌겠는가. 진인사대천명이라 하지 않았나. 우리가 할 수 있는 일은 이미 다한 것이나 다름없으니, 그저 하늘의 뜻을 기다리는 수밖에."

맹주는 고개를 돌려 창밖에 펼쳐진 화원을 바라보았다.

색색이 꽃.

"사람이 씨를 심을 수는 있으나, 열매를 맺게 하는 것은 사람의 일만은 아닌 법이니."

* * *

송현은 열흘이 지나서야 마을을 떠날 수 있었다.

소구 때문이다.

"헤헤!"

소구는 웃으며 송현에게 무언가를 건넸다.

―마음에 들지 모르겠어요.

"이건……."

심언으로 들리는 소구의 목소리를 들으며 송현은 소구가 건넨 무언가를 바라보았다.

소구가 건넨 것은 검이었다.

한데 그 검의 형태가 송현이 익히 알던 것과는 사뭇 다른 모습이었다.

검첨은 있으나, 검날은 없다.

아니, 검날은 있으나 처음부터 그날을 세우지 않았다고 하는 것이 맞을 것이다.

—무인검(無刃劍)이에요. 송 악사는 사람을 베는 것을 싫어하니까.

"이것 때문에……. 열흘 동안?

끄덕끄덕.

소구가 부끄럽다는 듯 머리를 긁적이며 고개를 끄덕였다.

사십구재가 끝나고도 송현은 소구의 부탁에 의해 열흘을 더 마을에 머물러야 했다.

그리고 소구는 그 열흘 동안 대장간에서 단 한 발자국도 나오지 않았었다.

그 결과물이 이것이다.

—제가 줄 수 있는 게 이것뿐이라서요.

소구의 말에, 송현의 입가에 미소가 어렸다.

"감사합니다."

진심을 다해 소구에게 말했다.

검을 통해 소구의 마음을 받았고, 소구의 이야기를 통해 소구의 진심을 알았다.

소구는 그가 갖고 있던 상처를 치료해 준 송현이 그저 고마운 것이다.

그가 가진 재주가 쇠를 다루는 재주이니, 검을 선물한 것은 그가 할 수 있는 최고의 마음 표시나 다름이 없었다.

"헤헤-!"

소구가 쑥스러운지 얼굴을 붉힌다.

문득 궁금해졌다.

"소 형께서는 어떠십니까? 제가 무인이 되길 바라십니까?"

송현의 물음.

"우?"

소구가 고개를 갸웃한다.

그리고는 잠시 생각하는 듯하더니 이내 활짝 웃었다.

-아무래도 좋은 것 같은데요?

아무래도 좋다.

이보다 얼렁뚱땅 같은 대답도 찾기 어려울 것이다. 하지만 그것이 소구의 진심이라는 것을 안다.

송현은 오히려 그런 얼렁뚱땅 같은 대답에 미소가 그려졌다.

"가시죠."

이미 마을 사람들과의 인사는 끝낸 마당이다.

이제 다시 여행을 나서면 된다.

—이번엔 어디로 가시는 건가요. 무림맹으론 언제 돌아가시려고요?

소구가 물었다.

처음 송현의 여행은 그저 발길 닿는 데로, 그리고 노래가 들려오는 대로였다.

하지만 소구도 안다.

광릉산의 곡조가 들려왔던 곳이 이곳임을.

그렇기에 묻는 것이다.

송현은 웃었다.

"'인견왕을 찾아가 보려고요."

제9장
길을 걷다

樂武林

사십구재의 마지막 날.

송현은 그날의 연주를 통해 투명한 선을 볼 수 있게 되었다.

그 선은 선상에서 얻은 분노가 담긴 광릉산의 곡조가 아니다. 슬픔이 담긴 곡조 속에서 얻은 것이다.

그렇지만 그것을 온전히 얻었다고는 할 수 없다.

처음 슬픈 광릉산의 곡조가 들려온 것이, 처음 발끝을 내디딘 것이라면, 투명한 선이 보이기 시작한 것은 한 발을 내디딘 것이라 보아도 좋았다.

온전히 두 발을 다 내디딘다면 또 다른 무언가가 있을 것이다.

광릉산보의 강이 그려진 그림.

그리고 슬픔을 연주할 때에 들려왔던 심언의 한 구절.

음은 물과 같으니.
그 음은 흘러가고, 또 뭉치는구나.

선상에서 분노의 곡조를 얻었을 때에 송현이 광릉산보의 셋째와 넷째의 그림을 떠올리고, 두 개의 구절을 심언을 통해 들었던 것을 생각한다면 이는 거의 확실하다고 보아도 좋았다.

마을을 나선 송현은 그 투명한 선을 좇아 걸었다.

자식을 유괴당한 마을 사람들과 연결된 선이었다.

그렇게 며칠이 흘렀다.

선을 좇아갈 뿐 그 끝이 어디인지 모르기에, 어찌 보면 처음 슬픔이 담긴 광릉산의 곡조를 좇아 걷던 것과 크게 다를 바가 없었다.

그나마 다행이라면 이번에는 좀 더 그 방향이 명확하다는 것 정도다.

그렇게 나흘.

—진법이에요.

선을 좇아 산을 오르던 송현은 소구의 심언에 발걸음을 멈추었다.

송현은 선을 좇아 먼 곳을 바라보았다.

투명한 선은 분명 소구가 말한 진법의 속으로 이어져 있었다.

"그러고 보니 이곳만 유독 소리가 이상하군요."

산을 들어서면서부터 자꾸만 신경이 쓰였던 소리다.

바람 소리인데 시작된 곳을 알 수 없고, 물소리인데 흘러가는 소리가 없다.

상리를 벗어나는 일이다.

그러나 자연지기를 뒤틀어 갖가지 효용을 발현한다는 진법이라면 충분히 그럴 수 있을 듯했다.

송현의 얼굴에 난처함이 어렸다.

"이 안으로 들어가야 하는데……. 어떻게 하죠?"

진법이란 무엇인지는 알지만, 송현은 악사다.

진법을 펼치고 파훼하는 것은 송현은 알지 못했다.

"헤헷!"

소구가 소리 내 웃었다.

그리고 두 팔을 걷어붙이고 등에 멘 방패를 손에 들었다.

—제가 길을 열게요. 따라오세요.

쿵!

그리고는 소구는 그대로 진을 파괴해 나가기 시작했다.

진 밖에서는 어찌 들어갈 수 있을까 난감했었는데, 진 안으로 한번 들어오고 나니 나머지는 평소와 다를 바가 없었다.

소구는 진이 출입을 통제하고 막는 수준이라고 했다.

크르르르르.

그리고 그곳에 혼견과 독견이 있었다.

잔뜩 털을 세운 고양이처럼 경계심을 드러낸 혼견과 독견이 누런 이를 드러내매 주위를 둘러싼다.

시간이 지날수록 그 숫자가 빠르게 늘어가고 있었다.

모두 효균과 크게 다를 바 없는 연배로 보인다.

개중에 투명한 선들이 이어진 이들도 보였다.

효균과 같은 마을에서 납치당한 아이란 뜻이리라.

'아아!'

송현은 속으로 낮게 탄식했다.

저들의 처지가 불쌍하다. 고향에서 저들의 소식만을 기다리는 그 가족들이 가엽다.

그리고 이 일을 벌여놓은 인견왕에게 화가 났다.

화륵!

광릉산보의 곡조 속에 분노가 담기고, 전신이 붉은 화염 속에 타올랐다. 두 눈은 푸른 귀화가 일렁거렸다.

쩌저저적!

송현이 딛고 선 대지를 중심으로 얼음이 얼어붙기 시작했다.

송현은 전과 달랐다.

분노를 더 이상 억누르지 않는다.

사십구재의 마지막 날의 연주에서 새로운 곡조의 시작을 얻기만 한 것은 아니다.

본디 얻었던 분노의 곡조를 완전히 깨달았다.

분노하되 취하지 않고, 뜨겁게 타오르되 자신이 무엇을 향해 분노하였는지 잊지 않는다.

"크왁!"

독견 하나가 가장 먼저 달려들었다.

"기다리세요!"

그런 독견의 앞을 막아서려는 소구를 제지했다.

타닷!

그리고 송현이 달려나갔다.

화염이 용솟음친다. 스치기만 하여도 그 화염은 살아 있는 생명체처럼 꾸물거리며 독견을 뒤덮었다.

"크와아아악!"

독견이 괴로움에 찬 괴성을 내질렀으나, 송현은 눈길을 거둔 채 다음 목표를 찾아 움직였다.

움직임이 더해질수록 송현이 내뿜는 화염도 점점 더 크기를 더해간다. 대지를 얼어붙게 하는 냉기는 그저 근처에 가만히 서 있는 것만으로도 새하얀 입김이 뿜어져 나왔다.

송현은 홀로 독견과 혼견을 상대했다.

압도적인 기세와 존재감.

억누르지 않은 극양과 극음의 기운을 앞세운 송현의 힘은 이미 독견과 혼견만으로는 어찌할 수 없을 만큼 거대했다.

"우우……."

소구가 몸을 떨었다.

사람이 바뀐 것만 같다.

혼견을 죽이지 못해 돌아섰던 송현은, 늘 사람 좋은 웃음만

짓던 송현은 사라져 버린 듯했다.

마치 전투에 미친 무인처럼 무인지경으로 혼견과 독견을 사냥한다.

소름이 끼쳤다.

소구는 더는 지켜볼 수 없다는 듯 송현을 말리려 했다.

그런데.

"우어?"

막 송현을 향해 뛰어나가려던 소구가 걸음을 멈추고 주위를 살폈다.

처음 괴로운 괴성을 질러대던 독견의 모습이 이상하다. 불길은 여전히 타오르는데, 독견은 더는 괴성을 내지르지 않는다. 두 눈을 감고 조용히 땅 위로 쓰러진다.

마치 조용히 잠을 청하는 듯 평안한 모습이다.

그리고.

어느 순간 불길이 꺼졌다.

아니, 불길이 스스로 움직여 독견을 벗어났다. 그 불길은 땅 위를 번져 송현의 검끝으로 몰려든다.

그 일이 지금 사방에서 일어나고 있다.

남은 것은 혼견도 독견도 아니다.

그저 새근거리며 잠에든 아이들만 있을 뿐이다.

소구는 눈을 부릅뜨며 송현을 바라보았다.

눈으로 직접 보고도 믿을 수 없는 기사에 거듭 눈을 비볐다.

'다행이야!'

그런 소구의 시선을 받으면서.

송현은 속으로 자신의 느낌이 틀리지 않았음에 안도했다.

온전히 광릉산의 분노를 깨닫는 순간 확신이 들었다. 송현이 지금 부리는 불길이 무엇인지에 대한 확신이었다.

업화(業火).

쌓아온 업보를 태우며 타오르는 지옥불.

송현이 부리는 불길은 그 업화와 많이 닮아 있었다.

처음부터 송현은 독견과 혼견의 목숨을 빼앗을 생각이 없었다.

'그들 또한 죄 없는 희생자들일 뿐이니까.'

송현은 이제 자신이 무엇에 분노해야 하는지 알고 있었다.

*　　*　　*

빠른 속도로 진을 휘저었다.

마주치는 독견과 혼견에겐 업화를 씌워 그 업을 불태워 버렸다.

그러면서도 나아갔다.

송현이 이상을 느낀 것은 혼견과 독견의 소리를 쫓은 지 그리 오래 지나지 않아서였다.

'사람!'

송현은 급히 고개를 돌렸다.

"이곳에 사람이 있는 것 같습니다. 그것도 많이요."

"우우!"

소구도 고개를 끄덕인다.

무인인 그도 어렴풋이 그 기척을 느끼고 있었다.

송현의 표정이 무겁게 굳었다.

사람이 있다. 그 숫자가 결코 작지 않다. 못 해도 삼백은 넘는 숫자다. 대부분 진의 중심지로 보이는 곳에 몰려 있었지만, 개중에 일부는 사방에 흩어져 있었다.

그리고.

'혼견과 독견이 사냥당하고 있어!'

비명과 고함. 그리고 무기가 부딪치는 소리가 들려온다. 시간이 지날수록 혼견과 독견이 만들어내는 소리는 줄어든다. 소수지만 사람들의 소리도 줄어들기는 마찬가지다.

으득!

이를 악물었다.

살릴 수 있다.

분명 살릴 수 있고, 원래대로 되돌릴 수도 있다.

그리되면 이제 그냥 평범한 아이가 되는 것이다. 가정으로 돌아가 식구들과 함께 평범한 행복 속에서 살아가면 되었다.

그런데 그들이 덧없이 죽어가고 있다.

마음이 조급해졌다.

"서둘러야 합니다!"

* * *

"크왕!"

"빌어먹을! 윤 소협은 본진에 지원을 부탁하시오!"

무림맹 내맹(內盟) 무사대인 현무대의 대원인 범교는 욕지기를 내뱉었다.

열 마리의 독견에 혼견이 하나 끼어 있다.

그런데 그것이 상대하기가 여의치 않다. 대원들이 모두 각조로 흩어져 혼견과 독견을 상대하는 마당이니, 상대하기가 여간 어려운 것이 아니었다.

당장 가장 큰 문제는 혼견이었다.

독견은 어찌어찌 홀로 상대할 수 있었으나, 혼견은 그렇지 않았다. 대체 얼마나 많은 무림인을 잡아먹은 것인지 쏟아내는 내력이 끝이 없다.

그 내력의 영향권에 들어가면, 도리어 자신들의 내력이 뒤틀려 버린다.

내가 고수가 내력이 뒤틀린 상태에서 적을 맞이한다?

그것도 내력이 있을 때에도 겨우 상대할 정도의 적이라면?

백중백 죽음을 피할 수가 없다.

그러니 욕지기가 절로 나올 수밖에.

"크르르륵!"

그사이 또 다른 독견 하나가 범교를 향해 아가리를 벌리며 달려들었다.

"젠장!"

당장 눈앞의 독견 하나를 상대하고 있던 범교의 입에서는 또다시 욕설이 튀어나왔다.

급히 몸을 빼고 달려드는 독견을 상대한다 하여도 늦다.

'이대로 죽는구나!'

눈을 질끈 감은 범교는 죽음을 예상했다.

그때였다.

"우어!"

저 멀리서 곰의 포효 소리가 들려왔다.

화르르륵!

그리고 순간 열기가 훅하고 코앞을 스쳐 지나갔다.

"이, 이게 대체……."

그 열기에 놀란 범교가 눈을 떴을 때.

눈으로 보고도 믿기 어려운 광경이 펼쳐져 있었다.

"소, 소구?"

천권호무대의 소구의 거대한 덩치가 가장 먼저 눈에 들어왔다.

그리고 그런 소구의 것으로 보이는 방패를 딛고 공중에 떠 있는 또 다른 사내도 눈에 들어왔다.

한 손에는 불타는 검을 들고, 등 뒤로는 거문고를 메고 있는 사내.

그 사내가 내뿜는 화염에 혼견과 독견이 괴성을 지르며 쓰러져 가고 있었다.

"대, 대체……."

대체 무슨 영문인지 모를 일이다.

방패를 타고 하늘을 나는 사람이라니.

더욱이 범교가 그토록 어렵게 상대했던 독견과 혼견을 너무나 쉽게 제압하는 사람이라니.

이쯤 되면 사람이라 할 수 없었다.

그때 하늘 위 방패를 타고 서 있는 사내가 그를 향해 말했다.

"화염이 걷히면 저 아이들은 더 이상 혼견도, 독견도 아닙니다. 그러니 절대 해하지 마셔야 할 것입니다! 아시겠습니까?"

속사처럼 쏟아내는 말들.

"어, 어……. 예! 예! 그, 그리하겠습니다."

범교는 그 의미를 미처 파악하기도 전에 멍하니 고개를 끄덕여 버렸다.

하늘을 나는 인간이다.

일수에 극양의 기운을 내뿜어 혼견과 독견을 쓰러뜨리는 고수다.

더욱이 그의 곁에는 아군이라 할 수 있는 천권호무대 소속의 소구도 함께 있지 않은가.

일단은 따르고 볼 일이었다.

"소 형!"

범교의 대답이 끝나기 무섭게 사내는 소구를 불렀다.

"우어!"

이에 화답하듯 소구가 풀쩍 뛰어올라 방패와 함께, 송현을 품에 안고 땅에 내려앉았다.

그리고는 말 한 번 걸어볼 틈 없이 경신술을 이용해 저 멀리 사라져 버리고 말았다.

"……."

삽시간에 정리된 상황.

범교는 그저 멍하니 들고 있던 칼을 집어넣을 수밖에 없었다.

그리고.

그 같은 상황이 진 안. 여러 곳에서 재현되고 있었다.

*　　*　　*

가락을 이용해 바람을 부릴 수는 있다.

소구의 방패를 딛고 선다면 바람을 이용해 잠시 몸을 띄우고도 중심을 잡는 데 큰 어려움은 없다.

그러나 문제는 따로 있었다.

'경신술을 익히지 않으니 이렇게 답답하구나.'

바람을 부려 떠오를 수 있지만 빠르게 움직이는 것에는 분명 한계가 있었다.

스스로 달리는 것보다야 더 빠르겠지만, 소구의 경신술 보다는 한참 느리다.

그래서 소구의 힘을 빌렸다.

소구의 경신술을 빌려 진속 이곳저곳을 돌아다니고, 상황이 급박할 때에는 소구가 거력으로 방패를 날려 보내는 것을 이용해 허공을 날기도 했다.

다행히 효과가 있었다.

그렇게 급한 불을 끄고 진의 중심.

사람들의 기척이 가장 많이 전해지는 곳으로 향했다.

"음……!"

한결 느긋해진 걸음으로 중심을 향해 걸어가던 송현의 입에서 깊은 신음이 흘러나왔다.

진 중심으로 다가갈수록, 여기저기 죽은 독견과 혼견의 사체가 점점 더 자주 눈에 띈다.

살릴 수도 있었던 이들이다.

그렇기에 마음이 무겁다.

그렇게 진의 중심으로 다가 섰을 때.

이미 송현의 소식을 들었는지 많은 무인이 경계가 가득한 눈으로 송현을 바라보고 있었다.

그리고.

"지금 무슨 짓을 저지른 것이냐!"

성난 진우군의 고함이 크게 울려 퍼졌다.

성큼성큼 송현을 향해 걸어온 진우군은 이글거리는 눈으로 송현을 노려보았다.

와락!

멱살을 잡아 들었다.

진우군의 완력에 멱살이 잡힌 송현의 신형이 허공에 떠올랐다.

"역시……. 무림맹이었습니까?"

익숙한 소리를 들었다. 군데군데 소구를 알아보는 사람들의 목소리도 들었다.

그럼에도 아니길 기도했다.

하지만 그 바람과 상관없이 현실은 언제나 냉정한 법이다.

혼견과 독견을 상대한 것은 무림맹의 무사들이다.

"천권호무대와 내맹의 오대! 청령단까지 나선 일이다! 인견왕을 잡기 위해 맹에서 직접 세운 계획을 네놈 하나 때문에 다 망쳤단 말이다!"

진우군은 무섭게 송현을 몰아쳤다.

총군사 사마중걸은 혼견과 독견의 약점으로 강한 본능을 지목했다.

그 본능을 이용해 함정을 만들고, 혼견과 독견을 유인했다. 그리고 학살한다.

송현을 가로막았던 진법은 사실, 그저 혼견과 독견이 도망치는 것을 막는 우리인 동시에, 인견왕의 이목을 속이기 위한 속임수에 불과했었다.

그렇게 되면 아무리 인견왕이라 한들, 제 수하들이 속절없이 죽어나가는 것을 모른 척 외면할 수만은 없을 것이다.

그렇게 인견왕을 함정에 불러들여 잡으려 했다.

혹여나 인견왕이 속했었던 백마신궁의 거마들이 함께 온다면 그것도 그것대로 좋았다.

그에 대한 대비도 이미 해놓은 상태다.

그런데 그것을 송현이 망쳐 버렸다.

인견왕을 불러들일 틈도 없이 상황을 정리해 버린 것이다.

"함정이었습니까? 저들은 그 함정을 위한 미끼였겠군요."

자세한 사정은 모르지만, 진우군의 고함을 듣는 것만으로도 대충 상황이 이해가 되었다.

송현의 목소리는 차가웠다.

"살릴 수 있는 이들입니다. 또한 저들도 피해자일 뿐이지요. 인견왕을 잡기 위해 저들을 전부 죽일 생각이셨습니까? 이 정도 전력이라면 그저 제압하는 정도로 끝낼 수도 있었을 텐데 말입니다."

"명령이다. 또한 그로 인해 인견왕을 잡는다면 그보다 많은 피해를 줄일 수 있다."

'또…….'

송현은 눈을 감았다.

첫 임무에서 했던 이야기와 크게 다를 바가 없다.

명령, 대의.

그것이 오늘따라 유독 불편하게만 느껴졌다.

탁!

송현은 멱살을 잡았던 진우군의 손을 쳐냈다.

예상치 못했던 송현의 반응 탓이었을까.

멱살을 잡았던 진우군의 손은 너무나 쉽게 떨어졌다.

송현의 두 눈에 귀화가 타올랐다.

송현은 지금 분노하고 있었다.

"무인이 되라 하셨습니까? 무인이 되면 임무를 주신다 하셨지요. 이런 것이 당신이 말한 무인입니까?"

대의, 명령.

그로 인해 희생자에 불과한 흔견과 독견을 사냥한다.

충분히 제압할 힘과 세력을 가지고 있음에도 명령이기에, 대의이기에 그리한다.

그것은 싫다.

"안 하겠습니다, 무인. 저는 제 길을 가겠습니다."

송현은 돌아섰다.

송현의 걸음걸음이 더 해질 때마다 차가운 한기가 땅 위를 얼어 붙인다.

송현에게서 뿜어져 나오는 무서운 기세에 무림맹의 다른 무사들도 선불리 나서 송현을 붙잡지 못했다.

그렇게 송현이 멀어지는 사이.

"우우……."

송현과 진우군의 대립 사이에서 이러지도 저러지도 못한 채 우물쭈물하던 소구가 우는 소리를 냈다.

송현은 바라보았다가, 진우군을 바라보았다가를 반복하며 갈팡질팡한다.

진우군이 그런 소군에게 명령했다.

"명령은 철회한다. 복귀하라!"

진우군의 명령.

우왕좌왕하던 소구의 안색이 더욱 불안해졌다.

"소구! 복귀하라 명했다!"

진우군이 거듭 명령을 내렸다.

소구는 멀어져 가는 송현과 진우군의 명령 사이에서 선뜻 결정을 내리지 못하고 푹 고개를 숙여 버렸다.

"……."

짧은 침묵이 지났다.

꾸벅!

소구가 갑자기 진우군을 향해 허리를 숙인다.

"우어엇!"

그리고는 급히 멀어져 가는 송현의 뒤를 쫓아 달렸다.

"……."

처음이다.

소구가 진우군의 명령을 어긴 것은.

제10장
길의 끝

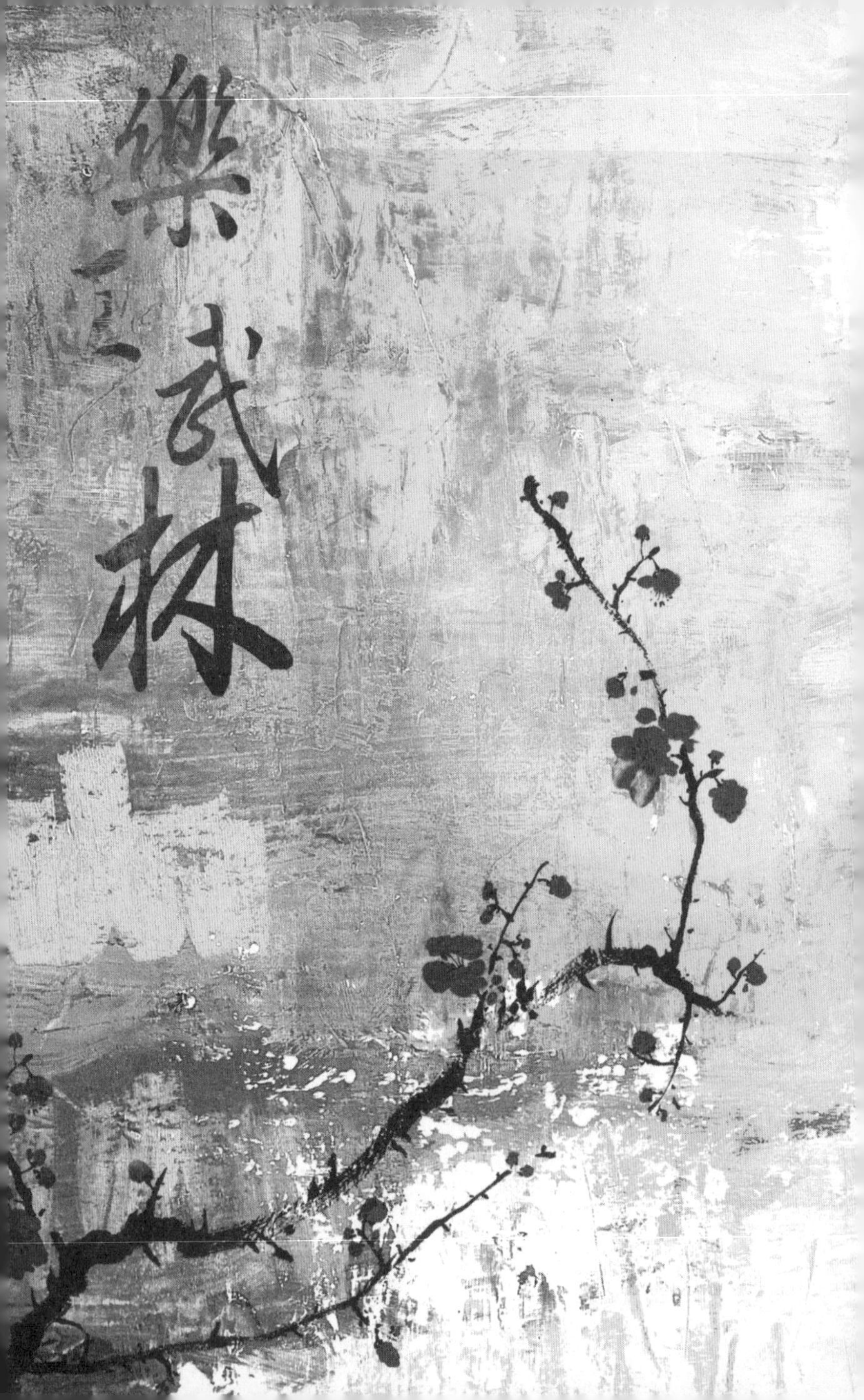
樂武林

"사, 살려주세요. 할아버지."

"엄마, 엄마 보게 해주세요! 엄마 보고 싶어요! 어, 엄마!"

동혈 속에 개미집처럼 자리 잡은 뇌옥.

그 속에 갇힌 이들은 이제 겨우 열 살 남짓한 어린아이들이었다.

눈물 흘리는 아이들의 사정에도 아이들을 바라보는 시선은 차갑기 그지없었다.

"시끄럽다! 한 번만 더 소리를 내는 놈은 그 입을 찢어버릴 줄 알거라!"

탱그렁!

칼칼한 목소리로 매정하게 아이들의 울음을 묵살했다.

그리고는 뇌옥 틈으로 밥그릇을 집어넣었다.

"우, 우욱!"

그런데 그 밥그릇 안에 든 것이 이상하다.

눈알. 피에 절은 생살이 가득 담겨 있었다. 밥그릇 위로 삐져나온 긴 손가락이 유난히 눈에 띈다.

인육이다.

뇌옥에 갇힌 아이들에게 인육을 배식한 노인은 인견왕. 조구완이다.

인견왕은 밥그릇 안에 담긴 내용물을 보고 헛구역질을 하는 아이들을 보며 냉소를 피워 올렸다.

"킬킬킬! 고생하기 싫으면 미리미리 적응하거라. 앞으로 너희들이 입 댈 수 있는 것은 그것뿐일 테니."

그리고는 몸을 돌려 뇌옥을 나섰다.

텅!

뇌옥의 굵은 철창이 굳게 닫힌다.

인견왕의 거처는 뇌옥이 가득한 동굴 바로 위였다.

개미집처럼 얽히고설킨 길 속에서 가장 입구와 가까운 곳이기도 했다.

우뚝.

걸음을 옮기던 인견왕의 입가에 비릿한 살소가 어렸다.

"낄낄낄! 벌써 끝났구만. 어쭙잖은 함정을 던졌는가 본데, 어차피 폐기할 폐품들을 무엇하러 구하누."

독견과 혼견은 제혼원령술로 인견왕과 연결되어 있었다. 이를 통해 혼견과 독견은 아무리 멀리 떨어진 곳에서도, 인견왕을 찾아올 수 있고, 반대로 인견왕은 그들의 생사를 심령을 통해서 느낄 수 있다.

또한 인견왕은 무림맹의 함정도 이미 간파하고 있었다.

"얼마나 죽였을꼬. 그래도 그간 처먹인 것이 있는데 아무리 폐품이라도 삼분지 일은 죽였어야 수지가 맞을 텐데 말이야."

탁자 앞 의자에 앉아 서찰을 슥슥 적어 내려가는 인견왕은 즐거워 보였다.

무림맹에선 그를 잡기 위해 함정을 팠지만, 인견왕은 오히려 그로써 원하는 일을 할 수 있었다.

무림맹의 이목을 집중시키는 것이다.

괜히 강호 이곳저곳에 혼견과 독견을 풀어놓은 것이 아니다.

모두 대계를 숨기기 위한 이목 끌기였다.

그것만으로도 충분한 것을, 무림맹에선 오히려 인견왕을 유인하기 위해 대대적인 작전까지 벌였다.

인견왕으로서는 오히려 반가운 일이었다.

무엇보다.

독견과 혼견에게는 치명적인 약점이 있었다.

"너무 소모가 빠르긴 해. 하긴, 몇 년 사이에 그만큼 키워 내려면 그만한 손해는 감수해야 하긴 하지."

혼견과 독견은 모두 어린아이를 대상으로 하여 만들어진다.

주화입마 때문이다.

힘은 주어지지만, 그것을 스스로 조절할 수 있는 이성이 존재하지 않으니, 그들은 늘 항상 힘을 뽑아내기만 한다.

그렇게 되면 소비하는 힘이 어느 순간부터 인육을 통해 채워놓는 힘보다 앞서기 시작한다.

그럼 더는 가치가 없어진다.

무림맹이 파 놓은 함정 속으로 밀어 넣은 독견과 혼견 또한 그와 같은 파기를 앞둔 것들이었다.

어차피 버려야 할 것들이니, 인견왕으로서는 아쉬울 것이 없다.

푸드득!

인견왕이 그렇게 혼잣말을 중얼거리며 서찰을 모두 썼을 때.

동굴 밖에서 비둘기 한 마리가 내려앉았다.

"때는 잘도 맞춰 오는구나. 가서 전하거라."

전서구로 쓰는 비둘기다.

인견왕은 자신이 직접 쓴 서찰을 비둘기 다리에 묶어 날려 보냈다.

할 일을 다 했다.

인견왕은 연공실로 걸음을 옮겼다.

"대계가 눈앞에 있으니, 어찌 수련을 게을리할꼬."

모든 것이 계획 대로다.

그렇기에 인견왕의 얼굴에서는 웃음이 떠나질 않는다.

*　　*　　*

둥—!

멀리서 서글픈 곡조가 울려온다.

그 곡조가 너무나 서글퍼 절로 눈물을 자아낸다.

하지만 모처럼 몰아에 빠졌던 심법수련을 방해받은 인견왕의 얼굴은 흉하게 일그러져 있었다.

"흠!"

동시에 입안에서 침음이 흘러나온다.

"어느 놈이 내 물건들에 손을 댄 모양이구나!"

심령으로 이어진 혼견과 독견 중 몇몇이 빈다. 모두 인근의 호위를 위해 배치한 것들이다.

심법을 수련 받은 것도 불쾌한데, 아직 폐기하려면 한참이나 남은 혼견과 독견까지 누가 건드렸으니 그 기분이 좋을 리 없다.

타탁!

인견왕이 발을 굴렀다.

빗살처럼 빠른 속도로 동혈 밖으로 튀어 나갔다.

"어느 놈이 감히 내 집에서 날뛰느냐!"

카랑카랑한 인견왕의 고함 소리가 산 전체를 울린다.

인견왕이라 하여 혼견과 독견을 다루는 것으로 더욱 유명한 그였지만, 그는 엄연히 백마신궁의 고수이자, 백마신궁의 십

대마공인 흡살음영공을 익힌 고수였다.

음습한 그의 기세가 사방으로 번져가며, 검은 그림자를 드리운다.

그리고.

"네놈이냐!"

인견왕의 두 눈에 살기가 번들거렸다.

그런 인견왕의 앞에 거문고를 무릎에서 내려놓는 젊은 악사가 있었다.

송현이다.

"당신이 인견왕이로군요."

저벅. 저벅. 저벅.

차분한 목소리로 이야기하며 그를 향해 다가간다.

인견왕의 눈썹이 꿈틀거렸다.

"네놈은 누구냐!"

"송현이라 합니다."

나직이 으르렁거리듯 송현을 향해 질문을 던지다.

평범하기 이를 데 없는 송현의 걸음 소리가 자꾸만 인견왕의 심기를 거스르고 있었다.

"무림맹에서 보내서 왔느냐? 아니면 어쭙잖은 협의지사 흉내나 내려 한 것이냐?"

"……."

거듭 질문을 던지지만 더 이상 송현은 대답하지 않았다.

그저.

번쩍!

"컥!"

그저 단 한 번 무인검을 휘둘렀을 뿐이다.

날이 없는 검이건만 목을 부여잡은 인견왕의 눈은 경악으로 가득 찼다.

이윽고 고통으로 얼굴이 일그러졌다.

"무, 무극진도(無極進刀)? 네놈! 진우군 그놈과 무슨 사이더냐!"

송현의 검이 목을 가르는 순간.

모든 것이 갈라졌다. 대기도, 공간도, 인견왕이 내뿜던 기운들도.

강호에 무수한 신공절기가 산재하지만, 이처럼 모든 것을 갈라버리는 무공은 그리 많지 않았다. 더욱이 그중 아직 현존하는 것은 단 하나뿐이다.

파사진도 진우군의 무극진도.

모든 것을 베어버리고 끝없이 나아가는 검.

인견왕은 송현의 그 일검에서 진우군의 무극진도를 보았던 것이다.

"크으어억!"

시간이 지날수록 인견왕의 입에서 흘러나오는 비명이 길어졌다.

틀어박은 목에서는 핏줄기가 흘러내린다.

송현은 그런 인견왕을 가만히 응시했다.

그리고 무겁게 입을 열었다.

"쉽게 떨치시지는 못하실 것입니다."

"그게, 무슨!"

더는 대답이 없었다.

인견왕의 질문은 들리지 않는다는 듯 송현은 그대로 등을 돌려 멀어져 간다.

저벅저벅.

처음 그를 보았을 때의 평범한 걸음 소리다.

그렇게 인견왕은 홀로 남겨졌다.

"으아아아악! 대체, 대체 무엇이란 말인가!"

처절한 비명이 인견왕의 목구멍을 뚫고 올라왔다.

목을 부여잡은 그 상태에서 손가락 하나 꼼짝할 수가 없다.

그런데 속이 뜨겁다.

마치 뜨거운 용광로의 쇳물이 오장육부를 타고 흐르는 듯했다.

차라리 죽고 싶었다.

아니, 죽어야만 했다.

목을 꿰뚫렸다. 송현의 일검은 그만큼 예리하고 정확했다. 그럼에도 죽지 않는다. 처음에는 흡살음영공의 고절한 내력 탓이라 버티고 있다 여겼다. 하지만 아니다.

이미 오장 육부를 타고 흐르는 뜨거운 쇳물에 흡살음영공의 내력도 모두 녹아내려 버린 지 오래다.

그런데도 아직 죽지 못하고 있다.

죽음이 허락되지 않는다면, 차라리 혼절이라도 하고 싶었다.

그렇다면 잠시라도 이 고통은 벗어날 수 있을 것이다.

하지만 인견왕에겐 그것도 허락되지 않았다.

고통이 더욱 괴로워질수록, 정신은 오히려 더욱더 또렷해온다.

"이것이, 이것이! 대체 무엇이란 말이냐!"

알 수 없다.

오랜 강호경험을 가진 노강호인 인견왕도 알지 못할 만큼 생경한 경험이다.

그리고 어느 순간.

부글부글.

피부가 녹아내리기 시작했다. 천천히 겉가죽부터 시작해 진득한 진물이 되어 흘러내린다.

—엄마, 엄마! 엄마 보고 싶어요! 네? 돌려 보내주세요!

—살려주세요! 살려주세요! 네?

—배고파……. 우욱! 배고파!

눈앞에 무언가 어른거리고, 귓가로 어린아이들의 절규가 들려왔다.

모두 인견왕에 의해 독견이 되고, 혼견이 되었던 아이들의 울음소리다.

업화였다.

송현이 인견왕을 목을 벨 때 심어넣었던 것은.

혼견과 독견의 업을 집어삼켰던 업화를 인견왕의 몸속에 집어넣은 것이다.

인견왕이 쌓아온 업보에, 인견왕에 의해 혼견과 독견이 쌓아야만 했던 업보가 더해졌다.

그 업보가 모두 사라지기 전까지.

업화는 꺼지지 않으리라.

"끄아아아아아아!"

인견왕의 비명은 그로부터 열흘 동안이나 계속되고서야 끝이 났다.

*　　　*　　　*

서너 대의 마차가 마을로 들어선 것은 해가 서쪽 산머리 위에 걸쳤을 때다.

무림맹에서부터 출발한 마차였다.

그리고 그 마차가 마을에 당도하여 멈춰선 순간부터 마을엔 울음이 터져 나왔다.

"우에에엥! 엄마! 아빠!"

"아이고, 이 녀석아! 어디 갔다가 이제야 돌아오는 게야! 이놈 이거 볼 좀 보게! 어찌 이리 야위었어! 이 뼈밖에 안 남은 것 봐!"

"뚝! 뭘 잘했다고 울어! 울기는! 다친 데는? 다친 데는 없고?

이리 와봐! 한번 안아보자!"

아이의 울음소리와 어른들의 울음소리가 마을을 가득 채운다.

그러나 그 울음을 보고 있노라면, 웃음이 나온다.

입가에 포근하게 머문, 가슴을 따뜻하게 만드는 그런 모습인 탓이다.

혼견왕에게 납치되어 사라졌던 아이들이 다시 돌아왔다.

걱정했던 마음에 울고, 보고 싶었던 마음에 우는 것이다.

이제 다시 만났으니 그 모습을 보고 슬퍼할 이유는 없었다.

송현은 마차의 한쪽 옆에 서서 그 모습을 지켜보고 있었다. 그리고 그런 송현의 옆에 무림맹에서부터 동행한 위전보가 다가와 나란히 섰다.

위전보의 시선도 아이와 부모의 해후를 향하고 있었다.

무표정해 보이는 위전보의 입가를 자세히 보면 작게 말려올라가 있었다.

"좋군."

좀처럼 입을 여는 법이 없는 위전보가 한마디를 내뱉었다.

그리고 송현을 보며 한마디를 더한다.

"잘했다."

송현은 머리를 긁적였다.

"감사합니다. 대주님은 어디로 가신 겁니까? 아까부터 보이시지 않는군요."

인견왕이 죽었다. 인견왕에 의해 독견과 혼견이 되었던 아이들이 원래의 상태로 돌아왔다. 그 숫자가 적지 않다. 더욱이 인견왕의 본거지에 잡혀 있었던 아이들까지 수를 더하면 그 수는 더욱 늘어난다.

때문에 아이들을 돌려보내는 일을 맡은 천권호무대는 숫자를 나눌 수밖에 없었다.

송현은 위전보와 그리고 진우군과 함께했다.

"어른들과 이야기하러 갔다."

"그렇군요."

송현이 고개를 주억거린다.

아이들을 돌려보내는 일의 책임자는 진우군이라 했다. 그러니 그가 먼저 나서 마을의 어른들과 이야기를 나누는 것은 당연한 일이다.

"아직 대주가 밉나?"

위전보가 불쑥 질문을 던졌다.

"글쎄요. 모르겠습니다. 제 가치관과 다른 것은 사실이겠지요."

밉다고 이야기할 수는 없다.

그저 그의 가치관과 송현의 가치관이 가지는 괴리가 너무나 클 뿐이다.

그 가치관 때문에 부딪히고 갈등했을 뿐이다.

"미워하지 마라. 아이들을 돌려보내는 일. 대주가 힘써주지 않았다면 어려웠던 일이다."

혼견과 독견으로 지내온 아이들이 상당수다. 그런 아이들은 자신이 납치당한 것조차 기억하지 못했다. 아이들의 기억은 모두 집을 나섰던 것에서부터 사라져 버렸다.

송현의 업화가 그 기억마저도 태워 버린 것이다.

그러나 무림맹을 움직이는 고위관계자들의 눈은 달랐다.

혼견과 독견으로 지내온 아이들이다. 비록 인견왕이란 존재에 의해서였으나 인육을 먹어야 했던 것은 사실이다. 아이들을 돌려보내자는 의견에 무림맹의 고위관계자들이 결고넘어진 이유 또한 그것이었다.

그런 그들의 뜻을 꺾은 것이 대주다.

대주가 맹주에게 청했고, 직접 그들을 설득했다.

비록 그들을 설득한 방법은 알려지지 않았으나, 결코 쉬운 일은 아니었을 것이다.

송현은 고개를 끄덕였다.

"그것은 감사하게 생각하고 있습니다."

"그럼 됐다."

송현의 대답에 위전보가 간단히 고개를 끄덕였다.

그것으로 끝이다.

둘 사이에는 어떠한 대화도 오가지 않았다.

그저 눈앞에 자식과 부모의 만남을 가만히 지켜볼 뿐이었다.

그리고 잠시의 시간이 흐른 후.

마을 어른들과 이야기를 마친 진우군이 돌아왔다.

"복귀한다."

여전히 명령조의 말투다.

그런 그가 송현을 스쳐 지나갈 때였다.

"이것이 네 길인가?"

"네."

나직한 목소리로 건네 오는 물음에, 송현은 짧게 고개를 끄덕였다.

진우군이 웃었다.

"이번엔 네 길이 맞았다."

그것으로 끝이다.

더는 어떤 이야기도, 칭찬도 없었다.

그저 그대로 송현을 스쳐 지나갈 뿐이었다.

여름을 바라보는 늦봄의 어느 날.

다시 무림에 모습을 드러내었던 인견왕은 악명과 함께 사라지고, 인견왕에 의해 납치되었던 아이들은 모두 집으로 돌아갔다.

*　　　*　　　*

궁에서 마차가 빠져나왔다.

네 마리 말이 이끄는 마차는 호화롭고, 또한 장엄했다.

그 안에 여인이 타고 있었다.

여인의 가늘고 흰 손가락이 섬세한 손길로 펼쳐진 책자 위를 쓰다듬는다.

그 손길이 마치 그녀의 고민을 대변하는 듯했다.

"마마, 진정 무림맹으로 방향을 잡을까요? 너무 이른 것이 아닌가 심려되옵니다."

그런 그녀의 옆에 자리한 나인이 고개를 숙이며 제 뜻을 말한다.

탁.

그녀는 소리 나게 책을 덮었다.

"무엄하구나!"

"송구하옵니다. 마마!"

나인은 서둘러 자신이 주제넘었음에 용서를 빈다.

"되었다. 고개를 들어라."

그녀는 고개를 푹 조아린 나인에게 다시 고개를 들 것을 명했다.

그리고 창문을 가린 휘장을 걷어 북경의 풍경을 바라본다.

창문으로 들어오는 바람이 그녀의 머리칼을 스치고 지나간다.

새하얀 얼굴엔 아직 앳된 기가 남았다. 길게 뻗은 속눈썹 속에 숨겨진 두 눈은 깊으면서도 맑았고, 앙다문 입술은 붉게 물들어 있었다.

그녀는 창밖에 스쳐 지나가는 북경의 풍경을 가만히 바라보며, 자신의 뜻을 다시 한 번 확인시켰다.

"무림맹으로 갈 것이다. 본녀의 눈으로 무림맹을 확인할 것이야. 그리고 그곳엔…….”

그녀는 말끝을 흐렸다.

작은 입술을 오물거렸다.

그녀는 끝내 마음속에 담아둔 그 말은 입 밖에 올리지 않았다.

“그러니 나인 효인은 다시는 본녀의 결정에 이의를 품지 말아야 할 것이야. 알겠느냐?”

대신 다시는 이와 같은 무례를 범하지 말라 경고할 뿐이었다.

그녀의 물음에 나인 효인이 고개를 숙인다.

“예, 마마. 나인 효인! 소연 공주마마의 명을 명심하겠나이다.”

공주 소연의 마차가 무림맹을 향해 길을 잡았다.

『악공무림』 4권에 계속…

황금사과의 창작공간

http://cafe,naver.com/ goldapple2010.cafe

Return of the Mercenary
FANTASY FRONTIER SPIRIT
용병귀환
유왕 판타지 장편 소설